소설 보다: 여름 2025

초판 1쇄 발행　2025년 6월 10일
초판 4쇄 발행　2025년 7월 25일

지은이　김지연 이서아 함윤이
펴낸이　이광호
주간　이근혜
편집　허단 이주이 김필균 윤소진 유하은 최은지
마케팅　이가은 허황 최지애 남미리 맹정현
제작　강병석
펴낸곳　㈜문학과지성사
등록번호　제1993-000098호
주소　04034 서울 마포구 잔다리로7길 18(서교동 377-20)
전화　02) 338-7224
팩스　02) 323-4180(편집) 02) 338-7221(영업)
대표메일　moonji@moonji.com
저작권 문의　copyright@moonji.com
홈페이지　www.moonji.com

ⓒ 김지연 이서아 함윤이, 2025. Printed in Seoul, Korea

ISBN 978-89-320-4405-7　03810

이 책의 판권은 지은이와 ㈜문학과지성사에 있습니다.
양측의 서면 동의 없는 무단 전재 및 복제를 금합니다.

소설 보다 여름 2025

무덤을 보살피다 김지연 | 방랑, 파도 이서아
우리의 적들이 산을 오를 때 함윤이

문학과지성사

차례

무덤을 보살피다 김지연 7
인터뷰 김지연×이소 42

방랑, 파도 이서아 61
인터뷰 이서아×홍성희 102

우리의 적들이 산을 오를 때 함윤이 121
인터뷰 함윤이×소유정 161

무덤을 보살피다

김지연

2018년 문학동네신인상을 통해 작품 활동을 시작했다. 소설집 『마음에 없는 소리』 『조금 망한 사랑』, 중편소설 『태초의 냄새』, 장편소설 『빨간 모자』 등이 있다. 제12·13·15회 젊은작가상, 제14회 김만중문학상 신인상, 제70회 현대문학상을 수상했다.

화수는 길을 잃었다. 애초에 이런 산에 따라오는 게 아니었는데. 뒤늦은 후회를 해봐도 소용없었다. 겨울이 시작되고도 썩지 않은 낙엽들이 잔뜩 쌓여 있어 길을 분간하기 어려웠고 화수를 안내해야 할 수동도 어느 틈엔가 사라졌다.

산이란 가파르니까 줄곧 내려가기만 하면 지상에 닿지 않을까? 화수는 그런 생각으로 길인지 아닌지 알 수 없는 산비탈을 미끄러지듯 내려갔다. 하지만 아무리 미끄러져도 비탈은 평평해지지 않았고 더는 미끄러질 수 없는 벼랑을 만날 뿐이었다. 깎아지른 절벽 아래로 잠잠히 파도가 치고 있었다. 화수는 벼랑에서 기울어진 채 자라고 있는 나무를 붙들고 이를 달달 떨었다. 춥고 무서워서 손바닥이 까지는 줄도 몰랐다.

어찌할 바를 모르고 가만히 웅크린 채 점점 체온이 떨어지던 화수가 비탈을 기어 올라가기 시작한 것은 물소리를 듣고서였다. 처음에는 파도 소리인가 했다. 하지만 어딘가 조금씩 어긋나는 리듬에 집중해서 들어보니 파도처럼 밀려왔다 밀려가는 소리가 아니라 줄곧 위에서 아래로 떨어지기만 하는 소리였다. 혹시 계곡물 소리라면 그걸 따라 내려갈 수 있을 것이다.

한참 만에 도착한 곳에는 커다란 비닐하우스 같은 건물이 두 동 세워져 있었고 그 옆으로는 컨테이너 하우스도 하나 있었다. 주변 공터에는 나무 상자가 잔뜩 쌓여 있었다. 건물로 다가갈수록 생선 비린내가 났다. 사람은 보이지 않았지만 공터에는 1톤 트럭 한 대가 서 있었다. 화수는 벼랑에 내몰릴 때까지 임도 같은 것은 보지 못했기 때문에 차가 있는 것에 조금 놀랐지만 한편으로는 안심했다. 사람이 차를 타고 다니는 곳이었다. 운이 좋으면 차를 얻어 타고 무사히 돌아갈 수 있을 것이다. 화수는 사람을 찾으려고 주변을 돌아보았다. 왜 조금 전에는 이 빈 공간이 눈에 띄지 않았는지 의문이었다. 나무를 몽땅 베어놨으니 화수가 있던 곳에서도 이쪽이 듬성한 것이 보였을 것이다. 겁에 질려서 시야가 너무 좁았어. 화수는 그렇게 자기를 반성했다.

건물 한 동의 문이 열려 있었기 때문에 화수는 슬쩍 안을 들여다보았다. 물소리는 거기서 들렸다. 마치 실내 낚시터처럼 보였다. 다른 점이라면 물고기가 지나치게 많다는 것이었다. 손바닥만 한 생선들은 비좁은 물속을 견딜 수 없다는 듯 수면 위로 파드닥거리고 있었고 어디서 끌어왔는지 굵고 푸른 호스에서 물이 콸콸 쏟아졌다.

"뭔데요?"

등 뒤에 갑자기 목소리가 들려왔다. 아무런 인기척을 느끼지 못했기 때문에 화수는 화들짝 놀랐다. 돌아보니 오륙십대쯤 되어 보이는 남자가 양동이 하나를 들고서 화수 쪽으로 다가오고 있었다. 검은 장화를 신고서 어기적거리며 걸었다. 화수는 자신보다 배 가까이 나이 들어 보이는 남자의 등장에 조금 겁먹었다.

"뭐 하는데요, 남의 땅에서."

남자는 치밀어 오르는 짜증을 참을 수 없다는 듯 인상을 쓰고 있었기 때문에 화수는 얼른 자신이 아무런 악의도 없는, 그저 불운한 사람일 뿐이라는 것을 알려주기로 했다.

"안녕하세요. 제가 길을 잘못 든 것 같아요. 산 밑으로 내려가려면 어디로 가야 되나요?"

"산 밑이라니. 여기보다 더 밑은 없어요. 파도 소리 안 들려요? 여기는 해발고도가 10미터도 안 되는 곳이라고."

화수는 남자가 무슨 말인지 다 알아들었으면서도 말꼬리를 잡고 늘어진다는 생각에 살짝 화가 났다.

"그러니까 제 말은, 마을로 가려면 어디로 가야 하냐고요."

남자는 대답은 않고 담배를 하나 물더니 양동이에 있던 것을 바가지로 떠서 물 위로 뿌렸다. 생선들이 더 난리를 쳐댔다.

"완전 반대로 오셨네. 한참 돌아 나가야 되는데."

"얼마나 걸릴까요?"

화수의 질문에 남자는 살짝 웃었다.

"아가씨가 운이 좋네."

"네?"

"내가 또 그렇게 나쁜 사람은 아니거든. 이것만 하고 차 타고 나갈 거니까 같이 갑시다. 태워줄게요."

담배를 입에 물고 말한 탓에 발음이 뭉개졌지만 남자는 분명 태워준다고 말했다. 남자의 말투가 조금 거슬렸지만 화수는 그런 제안을 거절할 수 없을 만큼 지쳤기 때문에 얼른 인사했다.

"감사합니다."

화수는 남자의 일이 금방 끝날 거라고 생각했다. 양식장은 기껏해야 열 평 남짓이었고 양동이도 크지 않았다.

"좀 도와줄래요?"

남자가 문가에 멀뚱히 서 있는 화수에게 양동이를 내밀며 물었다. 화수는 곧 남자에게 신세도 질 테니까 그쯤은 해버리자고 생각하고 남자에게 다가가 양동이를 받았다. 벽면 중간이 길게 띠처럼 비닐로 둘러쳐져 마치 뚫려 있는 것 같았고 날이 맑아 빛이 잘 드는데도 어쩐지 건물 중심으로 들어갈수록 사방이 꽉 막힌 공간 속으로 들어가는 기분이었다. 빛이 점점 사라져 캄캄해지는 듯했고 공기는 축축하고 비릿했다. 소리도 울려 생선들이 날뛰는 소리가 머릿속을 울려댔다. 남자는 뒷주머니에서 목장갑도 한 켤레 꺼내 화수에게 건넸다.

"그냥 뿌리면 되는 건가요?"

"그렇죠."

화수는 장갑을 끼고 양동이 속 먹이를 물을 향해 뿌리면서 먹이를 향해 미친 듯이 달려드는 검은 입들이 징그럽다고 생각했다.

"잘하시네."

남자는 가만히 서서 화수를 보고 있다가 거의 꽁초가 된 담배를 물 위로 던졌다. 생선들은 담배를 향해서도 파드닥거렸다.

"어디서 왔어요?"

남자는 일은 모두 화수에게 맡기고서 한쪽에 있던 간이 의자를 펼쳐 앉더니 두번째 담배를 피우기 시작했다.

"근처 살아요."

"그런데 길을 잃나?"

화수는 근처에 살긴 하지만 이곳엔 처음 왔고 자기만 따라오라던 사촌이 갑자기 사라져버리는 바람에 어쩔 수가 없었다는 변명을 하고 싶었다. 하지만 남자는 그에 관해선 크게 궁금하지 않다는 듯 금세 다른 이야기를 꺼냈다.

"여긴 뭐 하러 왔어요?"

"등산이요."

남자는 피식 웃더니 "이것도 무슨 산이라고……" 하고 중얼거렸다. 화수도 같은 생각이었고 이곳에 온 것은 등산 때문이 아니었다.

"여긴 뭐 하는 데예요?"

화수는 더는 남자의 질문을 받아주기가 싫어서 자신이 먼저 묻기로 했다.

"보면 몰라요?"

"양식장인가요?"

"그런 셈이죠."

그사이 양동이가 바닥났다. 화수는 그 사실을 남자에게 알려주는 대신 양동이를 뒤집어 탈탈 털어 보였다. 남자는 꼼짝 않고 앉아서 문 쪽을 가리켰다.

"나가서 오른쪽으로 돌면 먹이통 있어요."

"네?"

"아직 네 번 더 남았어요."

화수는 그걸 다 자신에게 시키는 게 어이가 없었지만 문을 나섰다. 문을 빠져나온 뒤에야 화수는 자신이 문 안쪽에서는 비린내와 담배 냄새에 둘러싸여 있었다는 걸 깨달았다. 안에 있을 때는 그 냄새들이 별달리 거슬리지 않았던 것이 신기했다. 밖에서도 비린내는 났지만 안에서 나는 것과는 다른 종류였다. 둘 다 썩어가고 있다는 것은 같았다. 하지만 안쪽에선 좀더 천천히 썩는 것 같았다.

남자의 말대로 오른쪽으로 돌자 김치냉장고만 한 통이 있었다. 화수는 양동이를 다시 사료로 채우며 사료에서 나는 비린내와 약냄새 같은 것을 맡았다. 내가 여기서 왜 이러고 있어야 하지? 자기만 믿으라던 수동의 얼굴이 떠올라 짜증이 났다. 산 초입에서는 휴대폰 배터리가 바닥났으니 떨어지지 말고 잘 붙어 오라 말했으면서, 산에 들어서자 공기가 좋다는 둥 날이 추울수록 몸을 움직여 땀을 내야 한다는 둥 들떠서는 속도를 내 혼자 가버린 것이다. 화수는 역시 따라오지 말걸 그랬다고 생각했다.

*

수동이 화수에게 할아버지 묘소에 다녀오자고 말한 건 금요일 아침이었다. 전날 밤 꿈에 할아버지가 나타났다는 것이다.

"우리 작년 추석에도 안 가고 설에도 안 갔잖아. 기일에도 안 가고 1년 넘게 안 갔어."

"1년이 뭐야. 난 한 번도 간 적 없어."

할아버지의 묘소는 고향 마을의 선산에 있었다. 오남매 중 장남인 판석과 막내딸인 금석은 결혼한 후에도 고향과 멀지 않은 곳에 터를 잡고 살았다. 화수는 대학을 가면서는 고향을 떠났지만 명절 때는 웬만하면 귀성했으니 맘만 먹으면 성묘하러 가는 것은 어렵지 않은 일이었다.

"그랬나? 왜?"

"아빠가 난 안 데리고 가던데? 나도 별로 갈 마음 없고."

"토요일에 가자."

"뭐 들었어. 안 가고 싶다니까."

"따라가기만 하자. 그냥 산에 운동 삼아 간다고 생각하고. 바람도 쐴 겸."

화수는 바람을 쐰다는 말에 마음이 흔들렸다. 대학원까지 졸업하고도 아직 취직을 못했다. 취직 준비 때문에 바쁘다는 핑계로 명절 때도 본가에 오지 않았는데 화수의 엄마가 제발 얼굴 좀 보자고 성화라 잠깐 왔다. 막상 집에 오니 화수의 엄마는 문화센터며 계 모임을 쫓아다니느라 집에 잘 있지도 않았다. 집에 온 첫날에 왜 이렇게 야위었냐며 갈비찜을 해준 것 말고는 밥도 거의 함께 먹지 않았다. 화수는 어쩌면 자신이 혼자 집에서 편히 쉴 수 있게 엄마가 자리를 비켜준 것일지도 모른다는 생각을 했다. 한편으로는 백수인 딸이 꼴 보기 싫어서 나다니는 건지도 몰랐다. 화수는 자신이 아는 엄마라면 어느 쪽이든 일리가 있다고 생각했다. 이럴 거면 왜 오란

거냐고 투정을 부리니 매일 얼굴 보고 좋지 않냐는 대답이 돌아왔다. 다시 자취방으로 갈까 하던 차에 고향에서 파프리카 농사를 지으며 사는 수동이 할아버지 묘소에 다녀오자고 연락을 해온 것이었다.

"내가 밥도 살게."

"가는 데 얼마나 걸리지?"

"차 타고 가면 금방이야. 가자. 응? 가는 거지? 내가 내일 너희 집으로 간다?"

화수는 결국 그러자고 했다. 어쩌면 자기의 일이 이렇게까지 잘 안 풀리는 것도 생전에 할아버지와 맺힌 것을 잘 풀지 못했기 때문인지도 몰랐다. 그런 걸 믿는 게 다 우스꽝스럽다고 생각했지만 일이 워낙 안 풀리다 보니 별게 다 의심스러웠다.

한때 화수는 할아버지를 사랑했다. 이제 와서는 잘 믿기지 않지만 분명 그런 때도 있었다. 어린 시절의 좋은 추억을 떠올리면 할아버지 댁에서 사촌들과 보낸 여름방학을 빼놓을 수 없었다. 부모들은 다들 맞벌이를 해 방학 때면 아이들은 모두 할아버지 댁에 맡겨졌다. 맡겨지는 것은 모두 화수 또래의 초등학생들이었고 모두 사이가 좋았던 때라서 해가 질 때까지 산과 들을 헤집으며 싸다니는 일이 즐거웠다. 온몸에 열기가 가시지 않은 채로 귀가하면 할머니가 집에 있던 귀한 것을 모두 상에

무덤을 보살피다

차려놓았다. 밥을 먹고는 또 마당의 평상 위에 모기장을 펴놓고 앉아 밤새 떠들어댔다. 가끔 다른 사촌들이 먼저 집으로 돌아가 화수 혼자 남을 때도 있었다. 그러면 화수는 할아버지와 둘이 놀았다. 할아버지는 베트남전에서 다쳐 한쪽 다리를 잘 쓰지 못했지만 후유증이 심하지는 않아 자전거 뒤에 화수를 태울 수 있었다. 화수를 자전거에 태우고 다니며 동네 사람들에게 우리 손녀가 전교 1등을 한다며 자랑했고, 화수는 낯을 가리면서도 할아버지의 입에서 나온 말들에 괜히 우쭐해지곤 했다. 자전거 뒷자리에 앉아 할아버지의 허리를 꼭 껴안고 동네를 한 바퀴 도는 그 어스름한 저녁 길을 오래 그리워했다. 흔한 시골 노인들과 달리 할아버지에게는 화수가 여자아이라는 것이 그다지 흠이 아니었고 미래가 촉망되는 총명한 아이일 뿐이었다. 할머니가 집안의 첫 손자인 수동을 감싸고 돌 때에도 할아버지는 화수 편을 들어주었다. 화수가 할아버지를 사랑한 것은 할아버지가 화수에게 보여준 그 모든 행동에 대한 반응으로서의 사랑이었다. 일종의 회답. 자신을 그토록 아껴주는 사람이 선할 것이라는 믿음과 기대도 있었다.

할아버지가 변하기 시작한 것은 할머니가 돌아가시고 난 다음이었다. 평생 담배는 입에도 안 댔던 할머니는 화수가 중학교를 졸업하던 해에 폐암으로 죽었고 할아버지는 조금 침울해졌다. 자식과 손주들이 찾아오면 할아버지는 반겨주기는 했으나 그새 몸이 좀 안 좋아져 집을 찾아온 사람들을 맞이해야 하는 일이 버겁게 느껴지는 것 같기도 했다. 특히나 화수에게 쏟았던 애정이 그때는 다 시들해진 것도 같았다. 화수는 할아버지가 할머니의 손자 사랑에 대한 반동으로 손녀인 자신을 돌보았을지도 모른다고 생각했다. 그게 아니라면 반가운 마음을 애써 억누르는 건지도 몰랐다. 너무 티를 내면 그간 얼마나 외로웠는지를 쉽게 들켜버릴지도 모른다고 생각했는지도. 화수는 그게 뭐 어때서 그게 대순가, 사람이 외로운 게 뭐 어때서, 하고 생각했지만 할아버지는 내내 강한 사람이고 싶어 했고 그게 할아버지를 점점 더 망쳤다.

그래도 화수가 대학에 입학하기 전까지는 제법 사이가 나쁘지 않았다. 점점 사이가 멀어지고 있다는 것을 모르는 척할 수 있을 정도였다. 모두 멀지 않은 곳에 살았으니 전처럼 방학 때마다 몇 주씩 머물지는 못해도 자주 왕래했다. 할아버지는 화수와 수동이 찾아오면 용돈을 나누어 주었다. 대학 진학을 하며 고향을 떠나게 될 때에는 노트북도 하나씩 사 주었다. 화수도 수동도 무척 감사했지만 자연히 연락하는 일은 뜸해졌다. 성인이 된다는 건 그런 것이니까. 세계가 점점 더 밖으로 뻗어나가는 때니까. 멀리, 더 멀리 가서 한 세계를 무너뜨리고 다른 세계를 쌓아 올리는 때니까. 할아버지도 떠난 손주들에게 연락하는 일이 거의 없었다. 전화는 아예 하지 않았고 얼굴을 보는 것도 명절 때뿐이었다. 막상 만나서도 어릴 때처럼 살가운 기색도 없었다. 할아버지는 점점 더 말이 없고 심드렁한 노인이 되어갔다.

신입생으로서의 첫해가 저물어가던 그해 연말에는 할아버지가 자주 전화했다. 화수의 안부를 물으려던 것은 아니었다. 18대 대선이 다가오고 있었고 화수에게 투표를 독려하기 위함이었다. 화수는 아낌없이 자신을 돌보는 가족과 친척들 틈에서 온실 속 화초처럼 자라 별로 어려울 것 없는 청소년기를 보냈고 정치 같은 것에는 별 관심도 없었지만 살면서 처음 맞이한 대선인 만큼 꼭 투표를 하러 가야겠다고 생각하던 참이었다. 재밌을 것 같았다.

"할아버지, 알겠어. 투표하러 갈게. 간다니까."

"딴거 볼 거 없이 1번 찍으면 돼. 알겠지? 1번이야."

화수는 알겠다고 말하고 전화를 끊었다. 수동에게 연락하니 수동 역시 비슷한 전화를 여러 차례 받았다고 했다. 수동은 할아버지가 왜 그러는 건지 모르겠다고 했다.

"가엽다잖아. 그 가여운 여자를 꼭 뽑으라던데. 마지

막 소원이라고."

"그니까. 어디가 가엽다는 거냐고."

"그러게."

화수는 할아버지가 한 말들을 떠올렸다. 부모를 다 비극적으로 잃은 가여운 여자라고. 그 부모는 얼마나 대단한 사람이냐. 박정희가 굶어 죽어가던 대한민국을 살렸다고도 했다. 할아버지가 참전했던 베트남전도 그중 하나였다. 한강의 기적도 베트남전 없이는 불가능했다. 할아버지에게 그건 분명 대한민국을 살리는 일이었다. 때문에 그 전쟁에 대해 사과하는 대통령을 못마땅해했고 박정희의 뜻을 받들 새 대통령을 바랐다.

"가여운 건 할아버지지."

할아버지는 살아서 돌아왔지만 남은 평생 다리를 절게 됐다. 제대로 된 보상은 못 받았고 잠깐 마약에도 손을 댔다. 상관관계를 자세히 알 수는 없지만 화수는 그것이 분명 전쟁에 대한 트라우마 때문이었을 거라고 생각했다.

화수는 할아버지의 장례 중에 어른들이 쉬쉬하며 속삭이던 것을 들었다. 참전 용사면 국립묘지 이런 데 모실 수 있는 거 아냐? 못 한대요. 젊을 때 죄 지은 게 있어가지고. 죄? 그게…… 약을 했었대요. 서류 다 준비해서 보훈청에 냈는데 범죄 이력이 있어서 안 된다더라고. 그

때는 조문객이 거의 다 돌아간 뒤 가족들만 남은 늦은 밤이었고 화수는 한구석에 앉아 졸고 있었다. 용케 끊으셨네. 잠결에 그런 생각을 할 뿐이었다. 손주 중 그 말을 들은 건 화수뿐이었다.

다음 날 수동이 어른들에게 할아버지를 국립묘지에 모셔야 하는 거 아니냐고 물었을 때 화수 아빠가 나서서 말했다. 할머니가 있는 선산에, 가족들 가까이에 있고 싶다는 할아버지의 유언 때문이라고. 그 말을 듣고 수동은 눈물을 찔끔 흘렸다.

*

수동이 나타난 것은 화수가 세번째 양동이를 뿌리고 있을 때였다. 그냥 한꺼번에 쏟아버리면 안 되는 것일까. 화수는 양동이가 너무 무겁고 팔이 아파서 모든 걸 빨리 끝내고 집에 가고 싶었다. 남자는 먹이가 한곳에 너무 뭉쳐 있으면 물고기들이 더 난리가 나기 때문에 안 된다고 했다. 남자가 함께할 수도 없었다. 여분의 양동이도 바가지도 없었기 때문이다. 화수는 네번째 양동이는 남자에게 주자고 마음먹었다. 지쳐서 먹이를 뿌리고 있을 때 수동이 고개를 들이밀었다.

"화수야!"

수동 역시 기진맥진한 표정이었다. 약간 어리둥절해 보이는 표정이기도 했고 조금은 짜증이 섞여 있기도 했다.

"이런 데서 뭐 하는 거야? 한참 찾았잖아."

화수는 긴 한숨을 내쉬었다. 자신이야말로 수동을 찾다가 산비탈 아래로 떨어질 뻔했다.

"이 아저씨가 마을까지 차를 태워준대서."

수동은 의심스러운 눈초리로 화수가 손에 든 양동이와 남자를 흘긋흘긋 보았다.

"이름이 화수라고."

화수는 남자가 자신의 이름을 알게 된 것이 조금 찝찝했다가 다음 말에는 놀라고 말았다.

"그럼 혹시 판석 형님 애들인가?"

수동은 남자가 큰아버지와 아는 사이라는 것을 알고 경계를 푼 듯 반갑게 대꾸했다.

"네, 저희 큰아버지예요."

"그렇다면 그냥 등산이나 하려고 온 게 아니네. 산소에 가려는 거지? 형님은 나한테 푼돈 주고 벌초만 맡겨 놓고 통 소식이 없네. 잘 지내시지? 판석 형님한테는 내가 갚아야 할 게 참 많은데."

"그거 저희한테 갚아주신다 생각하고 지금 바로 내려가면 안 될까요?"

무덤을 보살피다

"에휴, 그럼 안 되지. 오해가 있나 본데, 사람이 사람한테 갚을 게 신세 진 것만 있는 게 아니거든. 그걸 엉뚱하게 갚으면 안 되지."

"뭘 갚아야 하는데요?"

"뭘 거 같아?"

남자는 흐흐 웃었다. 뭘 갚아야 하는 걸까. 화수는 아빠가 어떤 사람인지 잠깐 생각했다. 나쁜 말들이 떠올랐지만 입 밖으로 꺼내지는 않았다. 어디 가서 가족 욕을 하는 건 결국 자기 자신을 욕하는 일이라는 말이 슬그머니 떠올랐기 때문이었다. 아빠도 그렇게 생각했는지 화수에게도 할아버지에 대해 좋게 말하려고 애썼다. 베트남전 참전 용사라 국립묘지에 묻힐 수 있는데도 선산을 고집한 걸 두고 자손들 가까이에 있고 싶어서라고 포장하기도 했다. 이젠 그 고향 마을에 누가 산다고. 모두 출가해 뿔뿔이 흩어졌고 이렇게 모처럼 성묘를 왔다가도 조난당하는 신세가 되었다. 차라리 공원묘지에 묻혔으면 주차도 쉽고 화장실 가기도 편했을 텐데. 벌초를 하러 오는 것도 일이라 이렇게 수상쩍은 사람에게 돈을 주고 부탁해야 했다.

"너네 아빠가 내 얘기한 적 없니? 강민석."

"없는데요."

수동의 말과 달리 화수는 그 이름을 들은 적이 있었

다. 어쩌면 화수의 특기는 엿듣기인지도 몰랐다. 할머니 장례식장에서였다. 잔심부름을 하며 자리를 지키고 있다가 답답해져 밖으로 나갔을 때, 흡연 구역에서 담배를 태우고 있는 아빠의 뒤통수를 보았다. 누군가와 통화 중이었다. 내일 발인이야. 참, 아침에 막내가 왔다 갔어. 그래도 어머니 마지막이니까 와봐야겠다고 생각했나 보지. 어떻게 알았는지는 모르지. 고향 친구들 중에 아직 연락하는 놈이 있었으려나? 안 물어봤어. 뭐 하고 사는지 알아서 뭐 해. 딱 봐도 합법적인 일은 아닐 것 같더라고. 맞아. 사람 일은 정말 모르지. 어릴 땐 우리 육남매 중에 민석이가 제일 똑똑했는데. 어쩌다 집안에 먹칠하는 놈이 됐을까? 화수는 아빠가 전화를 끊으면 함께 들어가려다가 통화를 모두 들었다. 육남매와 막내, 민석이라는 말이 또렷이 들렸다. 화수가 살면서 만난 아빠의 형제는 모두 넷뿐이었고 막내는 수동의 엄마였기에 이상하다고 생각했다. 동시에 몇 가지 잘 해석이 되지 않았던 장면들도 떠올랐다. 막냇삼촌이라고 부를 때마다 그냥 삼촌이라고 부르라고 정색하며 정정해주던 셋째 삼촌과 돌아가시기 전에 유달리 막내를 찾던 할머니.

"들은 적 있어요."

화수의 말에 민석은 흥미가 돋는다는 눈을 반짝이며 물었다.

"오, 어떤 얘기?"

"할머니 장례식장에 다녀갔다는 얘기요."

"또?"

"어릴 때 공부를 곧잘 했다는 이야기도요."

"그게 다야?"

화수는 남은 이야기를 하는 것이 지금의 자신에게 득 될 것이 없으리라고 판단했다.

"실은 저에게 직접 해준 이야기는 아니에요. 누군가와 이야기하는 걸 엿들었어요."

화수는 말하고 나서 후회했다. 가족에서 완전히 지워진 사람이라는 것을 알게 된다는 게 더 나쁜 일이 아닐까. 수동이 화수에게 입 모양으로 누군데? 하고 물었다.

"저희 막냇삼촌이시죠?"

화수의 물음에 남자가 웃었다.

"호적에서 안 팠으려나. 내가 여기서 왜 이러고 있는지 궁금하지? 왜 살면서 한 번도 못 만났는지도."

화수는 알고 싶었는데 수동이 갑자기 그냥 가자고 했다.

"그냥 걸어서 내려가자. 별로 안 멀어."

수동은 화수의 손에서 양동이를 뺏어 들더니 남자에게 내밀었다. 하지만 남자가 팔짱을 끼고서 받지 않아 수동은 양동이를 그냥 바닥에 내려놓았다. 텅 하고 바닥에 부딪히는 소리가 크게 울렸다. 화수도 그냥 돌아가야 겠다고 생각하고 장갑을 벗어 옆에 두었다.

"뭐야, 하기로 한 건 하고 가야지."

"지쳐서 못 하겠어요. 전 그냥 갈게요."

"갑자기 나타나서는 쌍으로 엿먹이네."

화가 난 남자의 목소리가 반향을 일으키며 울렸다. 화를 참을 수 없다는 듯 안절부절못하더니 양동이를 발로 걷어찼다. 양동이는 그대로 물에 빠졌다. 사료가 가득 든 양동이가 물에 잠기자 생선들은 거기로 달려들었다. 그리 깊지도 않은데 어두워서인지 물은 검게만 보였다. 화수는 생선들이 푸드덕거리는 소리, 축축한 공기, 피부에 성가시게 들러붙는 것 같은 비린내, 미친 듯이 뻐끔거리는 입들, 이마의 혈관이 불거져 나오기 시작한 남자를 더는 참고 봐줄 수가 없었다. 도대체 남자가 왜 화가 났는지도 알 수 없었다.

"어딜 가!"

문으로 나가려는 화수의 팔을 남자가 잡았다.

"어딜 만져요!"

화수가 뿌리치며 벗어나려고 했지만 남자는 화수의 팔을 더 세게 잡았다.

"하기로 한 건 하고 가야지."

화수는 어이가 없어서 남자의 얼굴을 빤히 보았다. 마

치 그 일을 하기로 굳게 약속이라도 했던 양, 어떤 계약이라도 성립됐었던 양 구는 남자의 높게 솟은 코를 한 대 치고 싶었다. 검은 눈썹을 쥐어뜯고 입속에다 생선 한 마리를 대가리부터 처넣고 싶었다. 산을 헤맬 때부터 미묘하게 쌓여왔던 화를 남자의 얼굴에 다 폭발시키고 싶었다.

"그거 놓으세요."

수동이 남자를 말렸다. 제법 든든했다. 수동은 남자보다 한 뼘쯤 더 키가 컸고 젊었다. 어릴 때부터 비료 포대를 나르며 단련된 근육도 있었다.

"어린놈의 새끼가, 안 놓으면 어쩔 건데."

하지만 사람을 협박하거나 공격해본 적은 없었다. 그렇게까지 누군가를 멸시하거나 악의를 품은 말을 뱉어본 적도 없었다. 수동은 남자의 말에 움찔했다. 그럼에도 남자의 손아귀에서 화수의 팔뚝을 빼내고 화수의 손을 움켜잡았다.

"가자."

그렇게 돌아나가서 마을로 내려가면 끝날 일이었다. 하지만 남자는 두 사람이 그냥 나가게 내버려두지 않았다. 물을 뿜어대던 호스를 들더니 화수와 수동을 향해 조준했다. 둘 다 순식간에 젖어버렸다. 두 사람이 비명을 지르고 도망치려고 해도 호스 줄이 닿는 데까지 쫓아오며 물을 뿌려댔다. 수동이 더는 참지 못하겠다는 듯 남자를 향해 달려들었다. 싱겁게도 남자는 금방 항복을 선언했다. 산속에서 혼자 지내다 보니 잠깐 돌아버렸던 모양이라고 사과했다. 두 사람에게 사과는 별 의미가 없었다. 그저 빨리 그곳을 떠나고 싶었다. 머리카락과 옷의 물기를 짜내고 다시 돌아가려는 두 사람에게 남자가 말했다.

"죽을 거야."

"뭐라고요?"

"이 날씨에 그런 몸으로 돌아다니다가는 산을 빠져나가기 전에 얼어 죽을 거라고."

남자의 말처럼 벌써 몸이 떨려오고 있었다.

"사람 둘 죽는 거 보고 싶지 않거든 빨리 차로 데려다주세요."

"내가 왜 보고 싶지 않을 거라고 생각해?"

잠깐 정적이 흘렀다. 화수는 몸이 떨리는 것이 추위 때문인지 공포 때문인지 알 수 없었다.

"하하, 농담이고. 그래, 가자. 집까지 데려다줄게. 시트가 젖으면 안 되니까 젖은 건 좀 닦아. 저기 컨테이너에 들어가면 수건이 있어."

화수는 남자가 제정신이 아니라고 생각했다. 왜 진작 몰랐지? 시야가 좁아져 있었기 때문에……라고 변명하

무덤을 보살피다

려다 이럴 때일수록 더 정신을 똑바로 차렸어야 했다고 자책했다. 하지만 또다시 남자의 말을 따라 컨테이너로 향했다. 얼른 물기를 닦고 몸에 수건 한 장이라도 더 두르고 싶었다.

남자는 컨테이너 안에서 숙식을 해결하는 듯 이불과 간단한 식기 도구들도 있었다. 잠깐씩만 머무르는 것일 수도 있었다. 겨울을 나기에는 너무 추웠다. 한쪽에 개 놓은 수건을 집어 들어 머리를 탈탈 말리고 있을 때 문밖에서 부스럭거리는 소리가 들렸다. 수동이 그 소리에 먼저 몸을 움직여 문 쪽으로 갔다. 그러더니 놀라서 소리쳤다.

"지금 뭐 하는 거야! 당장 문 열라고!"

문밖에서 남자의 목소리가 들려왔다.

"너네, 성묘 가려고 왔던 거지?"

"헛소리 말고 문 열라고요."

"앞으론 이 근처에 얼씬도 하지 마."

"알았다고요. 여기서 뭘 하고 있는 거든 도피 중이든 속죄 중이든 상관 안 할 테니까 문 여세요!"

"속죄라니. 나는 속죄할 게 없는 사람이야. 나는 이 집안의 피해자거든. 왜 내가 여기서 이러고 있는 걸 다들 봐주겠어? 다들 속죄하고 있다고 생각하는 거야. 겨우 이 정도 땅을 내준 것만으로."

"제발."

화수는 계속 몸이 덜덜 떨렸고 이제 이를 딱딱 맞부딪히기까지 했다. 한참 소리쳤지만 남자는 이제 아무 반응이 없었다. 해가 점점 져 사방이 어두워지자 쥐죽은 듯 조용해졌다. 이윽고 트럭의 시동이 켜지는 소리가 들리더니 수동과 화수가 뭐라 소리치든 말든 점점 멀어져버렸다. 트럭의 헤드라이트도 사라지자 컨테이너 안은 산속의 어둠에 파묻혔다. 화수는 관짝 속이 이럴지도 모른다고 생각했다. 다행히 수동이 전등 스위치를 찾아냈다. 나갈 방법이 없는지 한참을 찾다가 소리도 질러보다가 포기하고 두 사람은 기진맥진해져 컨테이너에 주저앉았다. 화수는 여전히 이를 달달 떨면서 말했다.

"나중에 남자가 오거든 죽이자."

"뭐?"

"남자를 죽이고 여기서 나가자."

"무슨 미친 소리야."

"다른 방법이 있어?"

"그렇다고는 해도 화수 너, 사람을 죽일 수나 있어?"

화수는 수동에게 자신이 이미 사람을 죽여본 적이 있다고 말할 수는 없었다. 그 일로 어떤 죄책감도 갖지 않은 채 살아왔다는 것도 말하고 싶지 않았다. 화수는 9년 전에 한 사람이 죽는 데 일조했음을 거의 잊은 채 살아왔고, 아주 가끔씩만, 누군가 너 사람을 죽일 수나 있어? 하고 물을 때에나 그 일을 떠올렸다.

*

 할아버지는 죽기 전에 병상에 누워 있었다. 그즈음 할아버지의 낙은 근처 교회에 가서 공짜 점심을 먹고 사람들과 어울리는 것이었다. 여느 때처럼 교회에 다녀오다가 넘어져 허리를 크게 다쳤는데 회복하지 못하고 점점 더 기력이 쇠하며 몸이 나빠졌다. 진작 가족들에게 상태를 알리고 도움을 청했다면 좋았을 텐데 할아버지는 자식들이 안부 전화를 했을 때도 별일 없다고만 했다.
 화수가 병문안을 갔을 때 교회 사람들이 와 있었다. 그들은 손을 모아 기도해주고 갔다. 나중에는 화수도 다니던 대학원을 한 학기 쉬고 간병을 시작했다. 형제들이 돌아가며 병상을 지켰지만 다들 일을 하러 가야 해 피곤하니 시간을 낼 수 있는 사람의 손이 절실하다고 했다. 그렇다고는 해도 화수가 정성껏 할아버지를 돌본 것은 아니었다. 이상하게 할아버지는 화수가 있는 날에는 아프다는 말도 거의 하지 않았고 따로 요구하는 것도 없었다. 화수는 그저 비상사태가 벌어질 때 할아버지가 혼자 있지 않게 하기 위해 배치된 것 같았다.

"화수야, 화수야."

그 밤에는 병상 옆 간이침대에 누워 반쯤 잠든 화수를 할아버지가 불렀다. 화수가 몸을 일으켜 할아버지에게 무언가 필요하냐고 묻자 할아버지는 고개를 끄덕였다.

"나 좀 살려다오."

어떻게, 어떻게 그럴 수가 있는데요. 화수는 그런 질문을 품으면서 어찌할 도리가 없다는 대답도 스스로 내렸다. 저는 어쩔 수가 없어요. 저는 의사도 아니고, 신도 아니고요.

"제발 죽여줘."

할아버지는 자신을 죽이는 일이 자신을 살리는 일이 될 거라고, 병과 약에 취해 잠꼬대 같은 소리를 하고 있었다. 화수가 아무런 대꾸를 하지 않아도 할아버지는 계속해서 자신을 죽이라고, 그것이 자신을 살리는 일이라고 끈질기게 말했다.

"제발 좀······"

"어떻게요."

화수가 마침내 그 요청에 응답했을 때 할아버지는 자신을 죽일 방법을 말했다.

"그야 간단하지."

그렇게 말하는 할아버지의 입가에 희미하게 생글거리는 미소가 걸려 있는 것처럼 보이기도 했다.

"방아쇠를 당기면 돼."

하지만 그 방법은 가능하지 않았다. 총 같은 건 없었으니까 당길 방아쇠도 없었다. 무슨 뚱딴지같은 소리일까 싶었지만 그냥 장단이나 맞춰주기로 했다.

"할아버지, 어떻게 그래. 손녀딸 살인자 만들고 싶어?"

"아니야."

화수는 당연히 손녀딸을 살인자로 만들고 싶지 않다는 뜻이겠거니 여겼는데 할아버지는 다른 소리를 했다.

"그건 살인이 아니란다."

"사람을 죽이는 게 어떻게 살인이 아니야."

"내가 이렇게 부탁하잖아. 내 마지막 남은 소원이다."

언제는 박근혜를 뽑는 게 마지막 소원이라고 하더니. 그거 내가 들어줬었거든. 내 생애 첫 대선에서 박근혜를 뽑았다고요. 화수는 그 뒤로 일어난 일들도 떠올렸다. 수동에게 이야기했다가 싸웠던 일, 넌 할아버지가 죽으라고 하면 죽을 거야? 여자친구와도 다투고 거의 헤어질 뻔했던 일, 너는 레즈비언이라는 애가 어떻게 새누리당을 뽑아? 탄핵 과정에서 나왔던 말들도, 뽑은 사람도 다 공범이죠. 그 뒤로 화수는 그 누구에게도 자신이 어디에 투표했었는지를 말하지 않았다. 여자친구도 화수에게 제발 어디 가서 그 이야기를 하지 말라고 했다. 다 널 생각해서 하는 말이야. 여자친구는 틈날 때마다 화수에게 뉴스 기사 링크 같은 것을 보냈고 함께 인권 세미나 같은 자리에 가자고 제안했다. 화수도 전보다 뉴스를 조금 더 부지런히 챙겨봤고 세미나도 갔다. 대학 졸업 전에 여자친구와는 헤어졌다. 그것만이 이유는 아니었지만 자신이 박근혜를 뽑았다는 사실을 알고 있는 사람과 계속 만날 수가 없었다. 가끔씩 여자친구가 자신을 어떤 시선으로 보는지가 느껴졌기 때문이었다.

그 밤 화수는 할아버지를 꼬옥 껴안았다. 팔의 힘을 점점 더 세게 했다. 할아버지의 숨이 멎어버릴지도 모른다고 여겨질 정도로 세게. 팔을 풀었을 때 할아버지는 멀쩡했다. 사람을 죽이는 건 쉬운 일이 아니었다. 거의 다 죽어가는 사람이라고 해도 그랬다. 당연했지만 새삼스러웠다. 다행이었다. 그날 새벽에 할아버지는 숨이 한 번 멎었다. 화수는 서둘러 간호사를 불렀고 가까스로 다시 숨이 이어졌다. 어쩌면 끝이 다가왔을지도 모른다는 이야기를 부모에게 전했다. 진짜 끝이 오기 전에 인사는 나누어야 했으므로 다가오는 주말에는 가족들이 모두 모이기로 했다. 그 주 주말에 가족들이 모두 모이기는 했으나 병실이 아닌 장례식장에서였다. 할아버지는 주말을 기다리지 못하고 화수가 고모와 교대를 하던 때에 숨이 멎었다. 고모는 수납 창구에 간 참이었다.

"할아버지, 또 올게."

무덤을 보살피다

화수가 몸을 숙여 할아버지 귓가에 조용히 속삭였을 때 할아버지가 갑자기 팔을 번쩍 들어 힘주어 화수를 안았다. 화수의 목을 조르려는 사람처럼. 그러다 이내 힘이 풀렸는지 양팔이 모두 툭 떨어졌다. 화수는 그전에 자신이 할아버지를 떼어내려고 할아버지의 가슴을 세게 밀어냈던 것을 기억했다. 할아버지 왜 그래. 이거 놔. 할아버지의 가슴팍을 세게 누르면서 심장박동이 점점 급박해졌다가 멎어버리는 걸 느꼈던 것도 같았다. 그 압력이 죽음을 향한 트리거가 되었던 것은 아닐까? 또한 할아버지의 청을 정말로 들어주고 싶어서 껴안았던 밤도 기억했다. 한참이나 힘이 모자라서 청을 들어주는 데에는 실패했지만 애초에 왜 그런 충동이 들었었는지는 알 수 없었다. 다시 또 할아버지의 마지막 소원을 들어주고 싶었기 때문일지도 몰랐고 어떤 분풀이 때문이었을 수도 있다. 너희도 다 공범이다. 그런 가해자의 위치에 자신을 서게 만든 할아버지에 대한 원망 때문이었을까. 그런 마음은 품은 적이 없다고 생각했는데. 어쨌든 자신의 선택이었으니까. 화수는 세계에 관심을 기울일수록 기존에 자신이 믿었던 세계가 무너지는 것을 느꼈다. 자신에게 선했던 세계가 패배했다는 것을 처음에는 받아들이기 힘들었지만 나중에는 인정했다. 그런 패배가 필요했음을.

*

　수동은 사람을 죽일 수는 없다고 했다. 무엇보다도 저 사람 말이 맞는 거라면, 핏줄이 섞인 사람을 죽일 수는 없다고 했다.
　"안 섞인 사람은 괜찮고?"
　"그게 아니라, 가중처벌 될 수도 있지 않나?"
　화수는 수동의 말에 몸을 한 번 부르르 떨고 뉴스에서 본 사건 사고 소식들을 떠올렸다. 직계존속 살인. 가중처벌. 하지만 삼촌은 직계가 아니었다. 사람을 죽이자는 말을 하고 그런 걸 따지고 있다는 게 소름 끼쳤다. 그럼에도 생각을 바꾸지 않았다.
　"이건 정당방위야. 저 사람은 우리한테 악의를 갖고 있어."
　"뭐? 삼촌이 우리를 죽이려는 것도 아니잖아."
　"그건 모르지."
　수동은 어느새 남자를 삼촌이라고 부르고 있었다. 그야 객관적으로 맞는 호칭이긴 했지만 화수는 내키지 않았다.
　"지금 우리한테 한 짓을 봐. 우리가 죽든지, 저 사람이 죽든지야."
　"그건 모르는 일이야. 너무 앞서가지 마."

수동은 짐짓 냉정한 척, 상황을 합리적으로 판단하는 척, 사리 분별을 분명히 하는 척 말했다. 감정적으로 생각할 일이 아니야,라고 말하는 것 같기도 했다. 앞서가 보지 않는 삶을 살고 있는 수동이 부럽기도 했다. 언젠가부터 화수는 늘 몇 수 앞을 내다보는 버릇이 생겼다. 예상 가능한 일들을 줄 세워보고 조금이라도 위험한 일이 예상되면 섣불리 시도하지 않으려고 했다. 오늘 내린 선택들은 죄다 엉망이었지만 언제나 옳은 선택을 하는 건 불가능하다. 왜 다가올 일을 미처 알 수 없는 것일까? 화수는 지금 일어나고 있는 일도 제대로 알지 못하기 때문인지도 모르겠다고 생각했다. 화수는 남자가 두 사람을 죽이려 든다고 생각했고 수동은 그렇게까지는 아닐지도 모른다고 여겼다. 지금 일어나는 일을 제대로 보는 사람이 수동이라면 남자를 죽이는 일이야말로 절대 시도하지 말아야 했다. 사람을 죽이는 일은 어떤 경우에서든 절대 해서는 안 되는 일이니까. 어떻게 그런 일을 내버려둘 수가 있단 말인가. 그렇게 하라고 사지로 내몰 수가 있단 말인가. 하지만 화수의 생각이 옳다면 자신을 살리기 위해서 남자를 죽여야 했다. 당연한 거 아닌가? 내가 살고 봐야지. 화수는 자신의 생각이 옳은 것 같았다. 자신에 대한 애호와 연민이 극심해져서 그게 사실이 아닐 수도 있다는 쪽은 거들떠보고 싶지 않았다.

"대화를 시도해보자."

수동은 대화가 모든 것을 해결해줄 것이라고 생각하는 듯했다. 자신이 어떤 대단한 협상가라도 된다는 듯, 남자를 설득할 논리도 가지고 있는 것 같았다.

"말이 통할 거야. 우리 삼촌이잖아."

그거야말로 비논리적인 결과 도출이라고 생각했지만 화수는 아무 말을 하지 않았다. 어쩌면 너무 낙관적으로 생각하는 건지도 몰랐다. 남자가 금방 돌아올 거라고 믿었으니까. 다음 날 해가 뜰 때까지 남자는 돌아오지 않았다.

"남자가 돌아오면 죽이자."

밤사이 마음이 바뀌었는지 수동이 말했다. 모든 게 간단치 않았다. 남자가 언제 돌아올지도 알 수 없었고 그때가 되었을 때 기운이 얼마만큼 남아 있을지도 알 수 없었다. 그래도 죽기 살기로 빠져나가자고 했다. 두 사람은 나란히 앉아서 작전을 세웠다. 작전이라기보다는 희미해져가는 의식을 붙잡으려고 하는 망상에 가까웠다.

"문이 열리는 순간을 절대 놓치면 안 돼."

컨테이너 안에서 무기가 될 만한 것도 찾아보았다. 공구함에서 장도리를, 식기 도구들 사이에서 과도를 찾아냈다. 그 밖에는 달리 흉기가 될 만한 것이 없어 보였다.

무덤을 보살피다

두 사람은 교대로 잠들면서 남자가 오기만을 기다렸다.

"우리가 정말 사람을 죽이게 될까?"

"그러지 않길 바라자."

"우리 실종 신고 됐겠지?"

"응, 지금쯤 다들 우릴 찾고 있을 거야."

차라리 실종자를 찾는 수색대가 찾아오길 기다리는 편이 더 나을 듯했다. 산 아래 차를 주차해두었고 성묘를 다녀오겠다고 말하고 나왔으니 산을 수색할 것이다. 화수도 수동도 그 편을 기대했다. 하지만 다시 또 해가 지도록 아무 기미가 없자 초조해졌다. 다음 날 아침, 화가 난 화수가 문을 세게 흔들며 소리를 질렀는데 어이없게도 문은 열려 있었다.

"어?"

화수는 수동을 흔들어 깨웠다. 두 사람은 언제부터 문이 열려 있었는지 알 수 없어 얼떨떨했다. 서둘러 산 아래로 내려가 차를 타고 집으로 향하는 동안 둘 다 아무 말도 하지 않았다. 화수의 집에 도착했을 때 집 앞에 낯익은 흰색 포터가 한 대 서 있었다. 화수를 데려다주고 바로 자신의 집으로 가려던 수동은 그걸 보고 화수를 뒤따랐다. 비밀번호 키를 누르고 문을 열자 장화 한 켤레가 아무렇게나 쓰러져 있는 것이 보였다. 남자는 거실 소파에 앉아 있었다. 두 사람의 꼴을 보더니 큰 소리로 웃기 시작했다. 화수의 아빠는 출근을 했는지 보이지 않았고 엄마는 아침 식사를 준비하던 중이었는지 부엌에서 무언가를 썰고 있다가 문이 열리는 소리에 달려와 화수를 반겼다. 손에는 칼을 든 채였다. 남자가 그들의 상봉 장면을 보고 있다가 입을 열었다.

"어서 와."

이제부터 알게 될 이야기는 또 무엇일까. 화수는 저도 모르게 서러워져 엄마를 껴안으면서 자신이 물려받은 세계가 한 번 더 패배해야 할 수도 있다고 생각했다. 서둘러 그 순간으로 가고 싶었다.

인터뷰

김지연
×
이소

이소 『소설 보다: 2023 가을』에 「반려빛」이 수록된 후 어느새 2년 가까운 시간이 지났습니다. 그동안 잘 지내셨나요? 여전히 활발한 작품 활동을 이어오고 계시는데, 근황이 궁금합니다.

김지연 안녕하세요, 소설 쓰는 김지연입니다. 〈소설 보다〉 지면으로 다시 인사드릴 수 있게 되어 감사한 마음입니다. 오랜만에 「반려빛」이 수록된 『소설 보다: 가을 2023』을 들춰보았는데요. 그때 어떻게 지내느냐는 최선교 평론가의 질문에 "언제나처럼 읽고 쓰고, 가끔은 허리띠를 풀어놓고 마음껏 놀고 먹으면서, 매일 윤석열 욕을 하면서 지내고 있"(p. 45)다고 답변을 했더라고요. 저는 2년 전과 별반 다르지 않은 나날을 보내고 있습니다. 2년이 지나는 동안 저는 조금

체력이 떨어져 전처럼 마음껏 놀고 먹지는 못하고 있고, 대통령이었던 자는 내란수괴가 되었네요. 최근에는 더 늙기 전에 미뤄두었던 일을 해야겠다고 생각하며 하고 싶은 일들을 꼽아보고 있습니다.

이소 「무덤을 보살피다」는 할아버지의 묘소를 찾다 길을 잃은 화수가 마을 반대편 해안가 절벽의 기이한 장소에 도착하면서 시작됩니다. 정체 모를 비닐하우스와 컨테이너가 있고 나무 상자들이 어지럽게 놓인 폐가 같은 곳. 문이 열린 건물로 들어가보니 "파드닥거리"는 물고기들이 징그러울 정도로 빽빽하게 모여 있습니다. 단지 생선을 키우는 곳이라고 하기엔 어딘가 수상쩍은 장소. 건물의 안과 밖에선 비린내만이 아니라 썩은 내가 진동하고, 차이가 있다면 단지 "안쪽에선 좀더 천천히 썩는" 냄새가 난다는 점뿐입니다.

할아버지의 묘소로 가는 길에서 방향만 달리하여 걷다 보면 어느새 들어서게 되는 곳, 그러나 다다르기 전에는 한 번도 눈에 띈 적 없는 낯설고 불길한 장소. 저에게 이곳은 화수의 가족들이 내준 땅에 살지만 이미 그들에게 잊힌 존재가 되어버린 남자의 처지와 유사해 보입니다. 이곳은 정말 생어를 키우는 곳인가요. 양식장이라기보다 '양식장이라고 할 수 있는 셈'인 이곳에서 정말 남자는 무언가를 키우고 있었던 건가요. 아니면 오히려 썩히고 있었던 걸까요. 조금 악취미 같기도 하지만, 살아 있는 것들이 풍기는 악취와 소음으로 와글대는 이 섬뜩한 장소에 대해 무척 흥미가 생깁니다. 징그럽게 날뛰는 생선들 곁에서 남자는 지금까지 어떤 삶을 살아왔을까요. 이 인상적인 장소에 관해 작가님의 설명을 조금 더 듣고 싶습니다.

김지연 이 소설은 수년 전에 초고를 썼는데 써두고는 잊고 있었습니다. 초고를 쓴 것은 아마 박근혜가 탄핵된 이듬해였고, 다듬어봐야겠다고 마음먹게 된 것은 12·3 내란을 지나면서였습니다. 저는 그 전날에 서너 시간밖에 잠을 자지 못해 저녁 8시쯤 일찌감치 잠들었다가 11시쯤 깼는데요. 카톡방에 쌓여 있는 메시지들을 확인하고는 내가 잠이 덜 깼나…… 하고 생각했던 것 같습니다. 결국 그날은 또 새벽까지 잠들지 못했고요. 그다음 날은 광화문 부근에서 일을 보고 돌아가다가 민주노총 집회를 마주하고 행렬을 따라 광화문에서 용산까지 "윤석열은 물러나라"고 외치며 걸었습니다. 이후 집으로 돌아갈 버스를 타려고 정류소를 찾아가다가 스피커를 가져다 놓고 무언가를 크게 외치는 사람들을 지나쳤는데요. 처음에는 민주노총 집회의 연장이라고 생각했습니다만 알고 보니 윤석열을 지지하는 사람들이었습니다. 어째서 이 와중에도 윤석열을 지지한다는 것인지, 이제는 그야말로 범죄자에 불과한 자를 왜 수호하겠다고 나서는지 도무지 알 수 없었고 속에서부터 울화가 치밀어 오르기도 했습니다…… 그런 기분으로 집으로 돌아가는 버스 안에서 오래전에 쓴 이 소설을 떠올렸습니다.

초고의 제목은 "양어장에서"였습니다. 시간이 흐른 만큼 세부적인 내용이 달라지고 덜어낸 부분도, 새로 쓴 부분도 있지만 사건이 일어난 장소는 그대로입니다. 선산에 있는 한 장소에서 이야기를 만들어보고 싶었습니다. 화수와 수동의 삼촌일 것으로 짐작되는 남자가 관리하고 있는 양어장에서요. 산속에서 은둔자처럼 물고기를 키우며 살아가는 남자와 그의 생활 공간을 최대한 비일상적으로 느껴지게 그려보고 싶었지만, 사실은 평범한 산업 현장이라고도 생각했습니다. 물고기들도 그저 살아 날뛰고 있을 뿐인데 어떤 에너지는 꽤 오래 클로즈업해서 보여주는 것만으로도 기이한 분위기를 만들어낼 수 있으리라고 기대하면서요. 남자도 화수와 수동을 만나서야 위악을 떨 수 있을 뿐, 혼자 있을 때는 자연인과 다를 바 없다는 생각도 했습니다.

하지만 서로 맞부딪혔을 때 부정적인 에너지를 내뿜는 사람에 대해서는 역시나 긍정적인 평가를 내릴 수 없겠지요. 어떤 이유에서든 부정적인 에너지를 그저 안으로 쌓아오기만 한 사람이 마침내 그걸 발산할 기회를 만나면 어떤 일이 일어날까를 생각해보기도 했습니다. 남자가 오랜 시간 홀로 가꾼 양어장은 그의 내적 풍경일 수도 있겠다고 생각하면서요.

이소 분명 남자의 얼굴은 화수의 가족을 닮았을 테지요. 그의 이름 역시 화수의 아버지와 같은 항렬자를 쓸 것입니다. 우리는 전혀 모르던 것이

처음 출현한 순간보다 익숙한 것이 기괴하게 등장한 순간 더 큰 섬뜩함을 느낍니다. 화수와 남자의 만남은 빈말로도 반갑다고 할 수 없을 불길한 만남이겠지요. 그러나 인간 심리의 기이한 점은, 그렇게 익숙한 것이 뒤틀리는 순간, 파국을 예고하는 불길한 징조를 바라보는 나의 마음에 나조차도 알지 못한 불온한 기대가 싹튼다는 점입니다.

화수는 아빠에 관해 설명하기 위해서는 "나쁜 말들이" 필요하다는 사실을 잘 알고 있지만, "가족 욕을 하는 건 결국 자기 자신을 욕하는"것이나 마찬가지라 여기고 입을 다무는 편을 선택합니다. 아마도 할아버지를 향해 아빠가 품은 마음도 이와 다르지 않겠지요. 그러나 이렇게 침묵과 공조로 유지되는 평화는 남자의 등장으로 한순간에 무너질 만큼 위태로운 것이기도 합니다. 남자의 원한은 하루이틀 쌓인 것으로 보이지 않고, 어쩌면 "이 집안의 피해자"라는 그의 말이 틀리지 않을 수도 있겠다는 생각이 듭니다. 소설은 남자의 주장이 참인지 거짓인지 끝까지 밝히지 않지만, 화수의 가족들이 남자와 관련해 묵혀둔 사연이 있다는 것쯤은 확실해 보입니다. 흔히 가족처럼 친근한 존재는 없다고 믿지만, 내가 태어나기 전의 가족은 도무지 짐작조차 어려운 낯선 존재들이지요. 가족이 아니어도 마찬가지일 것입니다. 한번도 호감을 품을 수 없던 사람이 불현듯 이해되는 순간도, 언제나 내 편이라고 믿었던 사람이 진짜 빌런임을 알게 되는 순간도 드물지 않으니까요. 그러니 나이를 먹을수록 옳고 그름을 선명하게 가르던 칼날은 무뎌지기 마련이고, 무엇을 얼마나 베어야 하는지 결정하는 일조차 쉽지 않습니다.

그렇다면 무덤을 들여다보는 일은 얼마나 무서운 일인지요. 무덤을 돌보러 갔다가 돌연 무덤을 파훼하고 싶어질지도 모르는 일입니다. 저 불길한 남자가 무덤을 돌보기 위해 가까이 머무는 사람인지, 무덤을 지키기 위해서라면 근처 땅이라도 떼어 달래줘야 하는 사람인지, 이미 무덤에 함께 들어가 서서히 삭아가는 사람인지 도무지 알 길이 없습니다. 소설의 제목처럼 무덤을 보살피는 일은 어떻게 가능할까요. 무덤을 보존하고 유지하기 위해 우리는 얼마만큼의 망각과 은폐를 그 대가로 지불해야 하는 걸까요.

김지연 묵은 원고를 꺼내 다시 읽은 후 새로 붙이려고 했던 제목은 "성묘"였습니다. 명절에 차례를 지내거나 성묘를 갈 때면 이 모든 일의 형식이 어딘가 좀 기이하다는 생각을, 함께 절을 하는 가족들의 엉덩이를 보면서 하던 때가 있었습니다. 어쩌면 그 형식에 어떤 맥락이 있을지도 모르겠지만 잘 모르는 저로서는 도대체 이 모든 단계의 의미는 무엇일까, 저기 누워서 우리의 절을 받고 있는 사람은 누구고 어떤 사람이었을까 궁금했거든요. '성묘'의 한자를 풀어 쓴 그대로 "무덤을 보살피다"로 제목을 정한 다음에는 원고를 고치는 일이 조금 더 쉬웠습니다. 한국인은 성심성의껏 성묘를, 그야말로 무덤을 보살피는 일을 행합니다. 그런데 생각할수록, 도대체 무엇을 보살피겠다는 것인지 알 수 없다는 생각이 들었습니다. 주술적인 의미 말고 다른 어떤 의미가 있을 수가 있나 싶기도 했고요. 할아버지가 투표를 할 때 그는 무엇을 보살피고 보호하는 쪽으로 한 표를 행사한 것일지, 또 화수가 지키고 싶었던 것은 도대체 무엇인지, 실체가 잘 잡히지 않는 유령 같은 것들에 대해서도 써볼 수 있으면 좋겠다고 생각했습니다.

초고에서 할아버지는 한결같이 악한 사람으로 그렸었습니다. 사랑을 받아본 적도 베푼 적도 없는 사람이고, 그저 말년에 병상에 누워 있을 때에 가서야 조금 가엾게 느껴지는 정도로요. 그때는 세상이 그렇게만 보였습니다. 나쁜 놈들은 한결같이 나쁜 놈이었습니다. 지금도 그때와 아주 다르게 볼 자신은 없지만요. 소설을 수정하면서는 조금 다른 생각이 들었습니다. 아마 평소에 그는 꽤 좋은 사람일 수 있을 거라고요. 가족들에게도 다정했을 것이고 한 평생을 성실하게 산 사람이었을 것입니다. 실제로 많은 평범한 사람이 그런 것처럼요. 자신이 계속 좋은 사람으로 남아 있을 수 있게 하는 방식을 찾아서 투표를 하는 것일지도 모르겠다고요. 자신을 생존자일 수 있게 하고, 승자일 수 있게 하는 쪽을 찾고 싶은지도 모르겠다고 생각했습니다. 자신의 선을 믿고 싶은 마음이 그릇된 선택을 하게 할 수도 있으니까요. 자신만의 논리가 있는 거겠죠. 물론 그런 것들을 다 헤아리고 싶지는 않았습니다…… 그의 과오만큼이나 그의 좋은 점에 대해서도 들여다보고 싶었습니다. "망각"하거나 "은폐"하지 않으면서 실제 있었던 일을 자세히 낱낱이 사실관계에 따라 들여다보아야 한다는 생각이 들었습니다. 물론 모든 것을 알아낼 수는 없다는 것도 깨닫게 되었고요. 이미 드러난 것들만을 가지고도, 그것을 들여다볼수록 그것이 서로를 상쇄해줄 수는 없겠다고도 생각했습니다. 그리고 남은 사람들은 여전히 모르는 진실이 어딘가 묻혀 있을 수도 있겠지요. 모르고 있기 때문에 유지되는 평화라면 의심해보아야 할 것입니다. 화수는 온실 속 화초처럼 자란 사람이고 그래서 모르는 게 많은 사람입니다. 보호한다는 명목으로 상처를 주지 않았을지도 모른다는 생각도 했습니다. 그러한 보호가 진짜 지킬 수 있는 것은 아무것도 없다는 생각도 들어요. 사람들은 자신이 믿고 싶은 것을 진실이라고 여기는 경향이 있는 것 같지만 진실이 고작 그런 이유로 훼손되어서는 안 되니까요.

이소 계엄과 탄핵이라는 초유의 사태를 겪은 지금,

화수와 할아버지의 서사가 의미심장하게 느껴집니다. 화수는 첫 대통령 선거에서 할아버지가 "마지막 소원이라"며 "가여운 여자"인 박근혜 후보에게 표를 주라고 하자, 사랑하는 할아버지의 부탁을 흔쾌히 들어줍니다. 누군가의 애정에 보답하기 위해 그의 소원을 들어주는 일은 그리 이상한 일이 아니겠지요. 그러나 정치적 판단과 행위는 단지 사랑의 마음으로 주고받을 종류의 일이 아니어서, 화수의 이야기를 들은 연인과 수동은 "할아버지가 죽으라고 하면 죽을 거"냐며 화수를 한심하게 바라봅니다. 이때 처음으로 화수의 세계가 무너집니다. 물론 화수는 "자신에게 선했던 세계가 패배했다는 것"과 자신에게 "그런 패배가 필요했음을" 인정하지만, 그 사실을 인정하는 일이 말처럼 쉽지는 않았을 것입니다. 그러니 화수에게 할아버지는 물리적 죽음뿐 아니라 상징적 죽음 역시 맞이해야 합니다. 병상에 누운 할아버지의 가냘픈 숨을 제 손으로 꺼뜨리고 싶었던 화수의 기이한 충동에는 이런 이유가 있었을 테지요.

하지만 다른 한편으로 생각하면, 자신을 죽

여달라고 다시 한번 "마지막 소원을" 말한 사람이 할아버지였다는 점에서, 이번에도 화수는 '할아버지가 죽이라고 하면 죽일' 사람이 되었던 셈입니다. 할아버지의 세계에서 벗어나는 길이라고 여겼던 쪽이 실은 할아버지가 원했던 길이라는 사실은, 내가 사랑한 세계로부터 도망치는 일이 얼마나 어려운 일인지 역설적으로 보여주는 듯합니다. 나를 지극히 사랑한 사람, 그 역시 존중받을 만한 신산한 삶을 살아낸 사람의 영향력에서 완전히 벗어나는 일은 가능한 걸까요. 우리가 사랑했고 또 사랑받았던 과거로부터 우리는 정말 자유로워질 수 있는 걸까요. 무덤으로부터 도착한 경악스러운 "마지막 소원을" 완벽히 배신할 방법이 있는지 궁금해집니다.

김지연 화수의 선택은 실제로 제 친구에게서 들은 이야기(부모님의 요청대로 박근혜를 뽑았다는……)가 바탕이 되었습니다. 당시의 선택을 후회한다는 맥락에서 이야기한 것이긴 했지만 18대 대선 당시 갓 스물로 그려진 소설 속 화수와는 달리 친구와 저는 삼십대가 코앞이었기에 친구의 그런 선택이 도무지 이해가 가지 않았습니다. 하지만 박근혜에게 투표한 점만 빼면 친구는 무척 해맑고 좋은 사람입니다. 해맑다는 점이 어쩌면 문제적일 수도 있겠네요. 저에게도 약간은 그런 해맑은 부분이 있는 것 같고…… 그래서 우리가 여전히 친구인 것 같다는 생각도 합니다. 하지만 어떤 때는 나와 가까운 사람이 내린 선택에 불현듯 화가 치밀어 오르기도 하고 그러다 보면 별일도 아닌 일에 왜 그렇게 열을 내냐는 소리를 듣게 되기도 합니다.

화수를 떠올릴 때는 지금 일어나고 있는 일들이 무엇인지 잘 모르는 채로 여러 중요한 선택 앞으로 떠밀리는 어떤 사람을 상상하며 썼습니다. 자신이 믿는 사람이 내린 선택이니 옳을 거라 예상하고 그에 따르는 사람입니다. 그러면서 자신의 선택이 옳을 것이라고 믿기도 하는 사람이고요. 하지만 결국은 그런 것들이 사실과는 다르다는 점을 알게 되는 날도 오겠지요. 아무래도 맹목적인 신뢰가 건강한 것 같지는 않고, 부모를 배반하는 일은 이르면 이를수록 좋은 것 같습니다. 건강한 방식으로 자신을 보살펴주었던 것들과 결별할 수 있다면 가장 좋다고 생각해요. 그런 게 가능하다면 좋을 텐데 어떻게 가능한지는 잘 모르겠습니다. 나에게는 무조건적으로 선한 사람이 사회적 맥락 안에서도 언제나 선할 거라고 기대하지만, 그렇지는 않으니까요. 내가 사랑하는 사람의 부정을 목격하게 될 때, 그러면서 자신 안의 세계가 조금씩 무너져 내릴 때 또다른 의미로는 성장하게 되는 것인지도 모르겠습니다.

이소 화수는 살의를 한 번 더 품게 됩니다. 이번에는 사랑했던 할아버지와 달리 사랑한 적 없는 남자를 향한 살의이지요. 사람을 죽이는 생각을 곱씹어본 적 있는 화수는 비닐하우스에 갇히자마자 남자를 "죽이자"고 말하지만, 한 번도 살의를 품어본 바 없는 수동은 죽음의 공포로 하룻밤을 보낸 후에야 화수의 말에 동의합니다. 그러나 두 사람이 힘을 모아 남자를 죽이는 일은 끝내 일어나지 않습니다. 오히려 가까스로 도착한 집에서 그들이 발견한 건 "거실 소파에 앉아" 여유롭게 엄마의 식사 대접을 기다리는 남자의 모습입니다. 자세한 사정은 알 수 없지만 분명한 건, 남자는 화수의 가족이고 화수는 남자를 죽일 수 없다는 사실입니다. 이제 화수의 "물려받은 세계가 한 번 더 패배"할 차례이고, 두번째 패배는 더욱 괴로울 것입니다. 할아버지는 물리적으로나 상징적으로나 죽음을 맞이하며 사라졌지만, 남자는 막냇삼촌으로서 화수의 세계에 오래도록 남을 것이기 때문입니다. 그가 피해자인지 가해자인지 자세히 알 수는 없으나 그가 쉽게 이해할 수 없는 사람, "갚아야 할 게 참 많"다고 믿는 사람, 악의를 품고 나를 해칠 수 있는 사람이라는 점은 확실해 보입니다.

개인적으로는 다시 한번 탄핵 이후에 대해 떠올려보지 않을 수 없습니다. 앞으로 우리가 살아갈 세계는 막냇삼촌들과 공존하는 세계일 테지요. 우리는 이해할 수 없는 사람들과 함께 남았고 그들이 뿜어내는 악의를 견디며 나의 악의 또한 직시해야 할 것입니다. 그런 이유에서 남자가 화수와 수동을 바라보며 "어서 와"라고 말하는 장면은 의미심장합니다. 이 모든 일이 끝이 아니라 시작이라는 뜻이니까요. 할아버지가 사라졌다고 해서 화수의 세계가 완전해질 리는 없고, 아버지와 남자 사이에는 갚아야 할 빛이 엄존하며, 화수에게는 불가해한 남자와 함께할 긴 세월이 남았습니다. 화수는 이 새로운 패배를 향해 "서둘러 그 순간으로 가고 싶"다고 말하지만, 저로서는 현기증이 나는 아득하고 아찔한 순간입니다. 어제까지 몰랐던 남자가 나의 집 거실에 앉아 악의를 숨기지 않는 세계. 화수는 "시야가 좁아져 있었기 때문"이라고 자신을 탓할지 모르겠지만, 아무리 시야를 넓혀도 보이지 않는 것을 볼 방법은 없습니다. 우리의 눈에는 가시화된 것만 포착될 뿐이니까요. 이제 새롭게 열린 세계에서 우리는 어떻게 살아가야 할까요. 이곳에 대해 우리가 알아야 하는 이야기는 도대체 무엇일까요.

김지연 이 책이 출간될 즈음엔 제21대 대통령이 결정되었겠지요. 승리해서는 안 되는 사람이 승리하지는 않았으면 좋겠습니다. 그런 다음에는 전보다는 조금씩 나아질 거라고 기대를 해도 좋을까요? 세계에 대해 기대를 품는 일이 저 자신에게 못할 짓인 것 같다는 생각이 들 때가 있었습니다. 그럼에도 그것이라도 없다면 다른 무엇이 있을 수 있을까? 하는 생각도 듭니다.

비상계엄 선포가 있었던 날에는 나라가 망하는 거 아닌가 하는 생각이 들었는데 탄핵심판 선고가 있던 날까지 광장을 메웠던 사람들을 생각하면 절대 망하지 않았다는 생각이 들어요. 우리가 다 함께 목격한 것을 잊지 않는 것에서부터 이야기가 뻗어나갈 수 있겠지요. 그것을 늘 기대하고 있습니다.

방랑, 파도

이서아

2021년 문학과사회 신인문학상을 통해 작품 활동을 시작했다.
소설집 『어린 심장 훈련』이 있다.

요양원을 청소하며 알게 된 사실: 어떤 사물이든 요양원에서는 다시 주울 수 있다. 설령 그것이 옥색 반지이고, 방금 전 침대 밑으로 굴러 들어갔을지라도.

절을 올리듯 바짝 엎드린 채 손을 뻗으면, 설령 그것이 데굴데굴 굴러서 저 안쪽 깊숙한 곳으로 숨어들었더라도, 얼마든지 다시 주울 수 있다. 종교 혹은 신념 같은 것과는 별개의 차원에서(아무래도 훨씬 더 얕고 시시한 차원에서) 침대와 평행을 이루며 납작 엎드린 채로, 한쪽 볼을 기꺼이 더럽히며 고개를 돌리기만 한다면, 그 누구든 그것을 주울 수 있다.

물론 그것이 아주 작은 사물이고, 구르고 구른 끝에 바퀴 뒤에 몸을 숨겼다면, 그 사물을 발견하기 위해서는 노동이 좀 필요할 수도 있다. 아주 얇은 틈새를—신이 세상을 조각하다가 미처 채워 넣지 못한 빈틈 같은 곳을—눈이 빠져라 들여다보며 옷걸이나 빨대를 휘적거려야 할 수도 있다.

요양원의 일을 도왔던 그 얼마 안 되는 기간 동안 나는 종종 신과 대화를 나누고 싶었다(여기서 내가 말하는 신은, 어떤 특정한 종교의 신이 아니다). 이를테면 바짝 엎드린 채—볼을 바닥에 대고, 왼쪽으로 고개를 돌린 채—침대 아래에서 반짝이던 향자 할머니의 반지를 발견했을 때에도 나는 문득 신에게 묻고 싶었다.

종종 굽어살피시는지.

이곳을, 이 어둑한 곳을.

나는 반지를 주워 향자 할머니에게 전달했고, 할머니는 그것을 빤히 바라보다가 내게 말했다. "너 가져라."

반지는 아주 싸 보이기도 했고 아주 비싸 보이기도 했다. 나는 두려워졌다. "싫어요. 비싼 거 아니에요?"

"엄청 싸."

향자 할머니는 그 외에도 내게 책 선물을 주기도 했다. "안 돌려줘도 돼"라고 말하면서.

할머니가 내게 선물들을 주었던 건 그날 때문이었을 것이다. 할 일을 모두 마쳐 퇴근 준비를 하고 있었을 때, 할머니가 나를 불렀다. 나는 할머니의 휠체어를 끌고 요양원 노인들이 삼삼오오 모여 화투를 치거나 수다를 떠는 공간으로 갔다. 그 공간에는 바다가 보이는 작은 창문이 있었고, 할머니는 창문 앞에 휠체어를 세워달라고 말했다. 그리고 내게 손에 들고 있던 책을 주며 명령했다—"이걸 읽어. 소리 내서."

나는 순순히 할머니의 명령을 따랐다. 대단한 선의는 아니었다. 어차피 집으로 돌아가봤자 딱히 할 일도 없었다.

선물받은 책에는 할머니가 길게 그어놓은 밑줄들이 드문드문 있었고, 그건 마치 파도 같았다.

일렁일렁 몰려오는 파도.

당시 내가 머물렀던 곳은 바닷가 마을, 그중에서도 인구가 소멸해가는 아주 작은 마을이었다. 관광객들도 얼마 오지 않는.

바닷가 서프샵이나 카페 아르바이트, 샴페인을 파는 펍에서 일하기엔 나는 서핑도 잘 못했고 커피도 만들지 못했으며 샴페인에 대해서도 문외한이었다. 그런데 청소, 빨래, 정리는 할 줄 알았다. 그래서 백반집을 운영하는 남매의 집에 머물며 일을 도왔다. 엄밀히 말하자면, 그들이 나를 거두어주었던 것이 맞다.

요양원 일을 소개해준 것은 남매 중 누나였다. "할 일도 없으면 거기 가서 용돈이나 벌어"라고 그가 말했던 것이다. 그래서 나는 일손이 턱없이 부족할 때 요양원에 들러 청소와 세탁 일을 했고, 그에 따른 급여도 조금 받았다. 그러나 백반집의 남매 집에 머물면서 그들이 제공해준 방과 밥을 누리고 있었으므로 나는 더 큰 급여를 받았던 셈이다.

백반집 남매는 마을에서 소문이 안 좋았다. 마약을 한다는 소문이 돌았던 것이다. 그러나 내가 보기에 백반집 남매는 마약보다는 슬픔을 들이마신 사람들 같았다. 그들은 매사에 심드렁하고 대개 무덤덤했으며 가끔씩 웃었다. 요리는 주로 남동생이 했다. 누나—내게는 언니—인 여자는 사람들에게 요리를 내주고 그들의 이상한 요구를 상대하고 식당을 청소했다.

지금부터 그 여자를 백이라고 불러야겠다. 남동생은 반이다.

백은 결혼을 해서 마을을 떠났다가 아이가 사고로 세상을 뜬 후 다시 돌아왔다고 들었다.

요양원에 가지 않을 때는, 그리고 백반집이 한산하다 못해 텅 빌 때는 백과 반이 나에게 서핑을 가르쳐주었다.

해가 높이 떴을 때, 우리는 가게 밖으로 나가 해안가를 걸었다. 바닷가 한쪽에 덩그러니 놓인 천막과, 그 아래로 놓여 있던 서핑 보드들을 향해.

우리는 발에 바닷물이 닿을 때까지 줄을—서핑 리쉬를—붙잡고 보드를 질질 끌며 걸어갔다. 백이 가장 앞, 반이 그 뒤, 내가 맨 꼴찌였다.

날이 더운 날에는 그 짧은 거리를 걷는 것이 어떤 순례처럼 느껴졌다. 내 몸보다 커다란 보드는 여간 무거운 것이 아니었다. 땀이 주르륵 흘렀다.

걸으면서, 나는 저 앞의 백에게 물었다. "요양원 할머니께 반지를 받았는데, 역시 돌려줘야겠죠?"

반이 물었다. "비싼 거야?"

"할머니는 싼 거라고 했는데, 저는 비싼 걸까 봐 걱정돼요."

백이 뒤돌아보지 않고 말했다. "돌려줘. 그러는 게 좋겠다."

햇빛이 쨍했다.

나는 한참 망설인 끝에 물었다. "그럼 책도 돌려줘야 할까요? 그것도 선물받은 건데."

하늘이 우리를 내려다보고 있었다.

반이 나를 돌아보며 실없이 웃었다. 백은 돌아보지 않았다. 파도 소리 때문에 내 목소리가 묻혔거나. 그냥 대답하지 않는 것이거나.

둘 다이거나.

우리는 바다에 도착했다.

백이 나를 돌아보았다. "왜 안 와?"

반이 말했다. "어서 와, 빨리. 거기 혼자 있지 말고."

나는 의기소침하고 울적한 얼굴이 되어 백과 반을 향해 걸어갔다. 그리고 한 번 더 물었다.

"정말로 책도 돌려줘야 할까요?"

백과 반은 대답하지 않고 바다에 몸을 담갔다.

서핑의 룰은 (어쩌면) 간단하다. 파도가 오면, 타는 것이다. 보드를 쥔 채 망망대해를 바라보다가 아, 온다, 싶을 때 미끄러지듯 보드 위로 올라탄 다음 일어서는 것이다. 그리고 균형을 잡고 파도를 타는 것이다. 타는 순간에 이론을 생각하면 오히려 넘어진다. 이론을 머릿속에 녹여두고, 파도가 올 때는 그냥 타면 된다. 나는 보드 위에서 자꾸만 이론을 생각했다. 그리고 자꾸만 옆으로 넘어졌다.

마을의 젊은 사람들 간에는 활력 있고 질척거리며 명랑한 인간관계가 있었다. 나는 그중의 몇몇과 시답잖은 이유로 께름칙한 사이가 되었고, 그중의 몇몇과는 이상하리만치 별 계기도 없이 오래오래 연락을 지속했다(시간이 흘러 내가 마을을 떠난 후에도). 그러나 몇몇은 기별도 없이 마을을 떠났고, 그 후로 다시 연락이 닿는 일은 없었다. 어떤 방랑객들은 바닷가 마을의 이곳저곳에서 일을 하다가 홀연히 사라졌다. 그들에게는 언제든지 돌아갈 수 있는 사랑 가득한 따뜻한 둥지가 있거나, 이 세상의 원동력이나 다름없는 앳된 꿈들이 있거나, 그 어느 순간에도 작별을 예고하지 않는 쓸쓸한 심장이 있는 것 같았다.

어쨌든 마을은 아주 많은 생의 역사로 이루어진 곳이었다. 요양원의 노인 중에는 마을에서 평생을 살다가 들어온 경우도 있었다.

요양원 일은 꽤 힘겨웠다. 매일매일 고정적으로 출근

하는 것도 아니었음에도 불구하고. 그곳에서 일하는 전문적인 요양보호사와 위생원들이 나는 늘 존경스러웠다. 그들은 언제나 눈코 뜰 새 없이 바쁘게 일을 하면서도 매일 정확한 시간에 출근했기 때문이었다.

그들처럼은 아니었지만, 나는 계속 요양원 일을 도우러 갔다. 그건 첫번째로 백반집에는 딱히 내가 할 일이 없었기 때문에—남매는 내게 숙박과 식사를 제공해줬으면서도 내가 청소를 하기 전에 미리 방을 깨끗하게 치웠고, 세탁 일도 웬만하면 알아서 해결했다—뭐라도 하고 싶다는 마음 때문이었으며, 두번째로는 내가 일하던 요양원이 바닷가 근처이기 때문이었다.

요양원의 물건들 구석구석을 걸레로 닦다가 눈을 감고 가만히 있으면 꼭 파도 소리가 들리는 것 같았다. 그 기분이 참 가슴 저릿했었다. 환상의 파도 소리를 들으며 할머니들의 침대를 청소하고, 손을 매우 깨끗이 씻은 다음 죽 같은 밥을 떠먹여드리다 보면, 하루가 다 갔다. 물론 할머니들께 밥을 떠먹이는 것은 요양원에서 청소나 세탁을 도왔던 나의 업무가 아니었다. 그러나 내가 일했던 요양원은 너무 낡았고, 일손이 턱없이 부족했으며, 서로가 서로의 업무를 도맡는 일들이 종종 일어났다.

할머니들에게 밥을 먹여드릴 때는 숟가락을 매우 조심스럽게 입에 대야 하고, 숟가락이 평행이 아니라 자연스레 입으로 들어갈 수 있도록 조금 기울여야 한다. 너무 많이 기울이면 음식물이 급하게 흘러갈 수 있기 때문에 아주 약간만. 또한 아무리 입에 떠먹여드려도 입에 힘이 없는 할머니들은 잘 흘릴 수 있기 때문에 주기적으로 입 주변에 흘러내린 밥알을 숟가락으로 잘 모아서 입에 다시 넣어드려야 한다. 그럼에도 흘리셨을 때는 목에 미리 부드럽게 매둔 노란 턱받이로 닦아드려야 한다.

요양원 일을 할 때, 나는 종종 퇴근 후에 요양원 근처 공터로 갔다. 바닷가 끝에 있는 공터였다. 건물이 세워질 예정이었다가 조합이 파산되어 그대로 버려진 땅이었다. 공터를 둘러싸고 콘크리트 벽이 디근 모양으로 세워져 있었는데, 바닷가 쪽은 뻥 뚫려 있었기 때문에 혼자 마음을 달래면서 시간을 보내기에 좋았다. 삼면을 둘러싼 벽의 안락한 보호 속에서 바다를 바라보고 있으면 왠지 신성한 기분이 들었던 것이다. 나는 해변에 버려져 있던 플라스틱 의자를 하나 주워 와 그곳에 배치해두고 앉아 멀리서 파도가 그려내는 물결을 바라보곤 했다.

그날은 다른 층에 머물던 할아버지가 세상을 떠난 날이었다. 요양보호사들은 내가 할머니들이 머무는 층에서만 일하도록 했기 때문에 나는 그 할아버지의 얼굴도, 빈 침대도 보지 못했다.

나는 할아버지의 빈 침대를 상상하며 공터로 향했다.

바다에는 여느 때처럼 파도가 치고 있었고, 나는 플라스틱 의자에 앉아 그 물결을 바라보았다.

저 끝에서 저 끝까지 이어지는 물결을 눈으로 쫓으며 나는 생각했다—그 노인의 장례는 지금쯤 끝이 났을까?

노인의 영혼을, 하늘의 노동자들이 데려갔을까?

하늘의 노동자들이 새가 되어 이 땅에 내려왔을까? 갓 태어난 영혼이 담긴 보자기를 입에 물고 날아와 땅에 도착했듯이, 노인의 영혼을 하늘로 데려가주었을까?

아니면 차를 타고 도착했을지도 몰랐다.

운전을 해서.

요양원 노인들은 주기적으로 요양보호사들과 함께 외출을 했는데, 같은 방에 묵고 있던 노인이 세상을 떠날 때면 그 방의 남은 노인들을 위해 예정에 없던 외출 일정이 만들어졌다.

그날은 향자 할머니의 방에서 한 할머니가 떠난 날이었다. 요양보호사들은 향자 할머니를 포함하여 세 할머니와 함께 외출을 하기로 결정했다. 원래대로라면 휠체어를 끄는 일은 내 몫이 아니었지만 그날은 한 요양보호사가 병가를 내 일손이 부족했다.

"얘가 끌라고 해." 향자 할머니가 말했고, 보호사들은

"이번 한 번만이에요"라고 답했다.

햇빛이 적당한 날이었다.

나는 향자 할머니의 휠체어를 끌었다. 우리는 요양원 주변의 산책길을 돌았다. 작은 공원이었다.

저만치에서 앞서가는 할머니들이 보였다.

산책길은 자주 덜컹거렸다. 그날은 유독 할머니의 말수가 적었고, 나는 차마 말을 걸지 못한 채 침묵을 지키며 조용히 휠체어를 몰았다. 다른 직원들, 경력 있는 요양보호사들은 할머니들에게 이런저런 질문을 던졌음에도 불구하고.

둘 중에서 정적을 깬 것은 향자 할머니였다. 할머니는 장난기가 가득 담긴 목소리로 말했다. "이 공원은 내 거야."

나는 여기서 진지하게 대답하면 안 된다는 사실을 알았다. "할머니 거예요? 언제부터?"

"며칠 전부터. 내가 하늘이랑 계약했거든."

"정말요?"

"그럼, 도장 꾹 찍었다고."

외출 시간이 끝나고 요양원으로 돌아갈 때, 나는 할머니에게 묻고 싶었다. 그 노인의 영혼을 배웅하러 새들이 날아올까요?

물론 나는 그 질문을 던지지 않았다. 울퉁불퉁한 땅을

지날 때면 휠체어가 조금 덜컹거렸다.

퇴근 시간에 향자 할머니의 방을 지나쳤을 때, 할머니는 또 다른 책을 읽고 있었다. 자글자글한 손으로 밑줄을 그으면서.

웬만한 슬픔은 이미 오래전에 건너봤다는 듯이.

웬만한 굴곡은 이미 수십 번도 더 건너봤다는 듯이.

할머니가 고개를 들어 나를 보더니, 화투나 한 판 치고 가라고 말했다. 나는 화투를 칠 줄 모른다고 대답했다.

그러자 할머니가 나를 앉혀두고 화투 수업을 시작했다.

자, 이게 게임의 규칙인 거야.

라고 말하듯이.

나는 반쯤은 알아듣고 반쯤은 알아듣지 못하면서 할머니의 이야기를 들었다. 할머니가 패를 하나하나 가리키면서 이것은 무엇이고, 저것은 무엇이라고 알려주는 동안, 저 먼 곳에서부터 파도 소리가 들려오는 듯했다.

화투 수업이 끝났을 즈음부터 비가 내리기 시작했다. 추적추적 힘없이 내리는 빗방울이었다. 요양보호사인 혜란 언니가 우산을 하나 빌려주었다. 이 정도면 맞고 가도 괜찮아요,라고 내가 말했음에도.

그날도 나는 공터로 갔다. 플라스틱 의자에는 빗물이

점점이 떨어지고 있었다. 나는 의자 옆에 서서 바다를 바라보았다.

여기까지 다 바다야.

비가 내리니까.

나는 생각했다.

그때 자동차 한 대가 공터의 콘크리트 벽 앞에서 멈추었다. 나는 조금 놀라 뒤를 돌아보았다. 그건 마약상의 차일 수도 있다는 생각을 하며 ─ 백반집 남매에 대한 소문만큼이나 마을을 돌아다니는 수상한 차에 대한 소문이 파다했던 것이다. 사람들은 그 차가 마약상의 차라고 말하곤 했다.

그러나 벽에서 빼꼼 얼굴을 내민 것은 혜란 언니였다.

"혜란 언니." 내가 말했다.

언니는 우산을 쓰고 있었고, 찰박찰박 내게 다가왔다. 물 위를 걸으며. 바다 위를 걸으며.

"이곳을 좋아하니?" 혜란 언니가 주머니에서 담배를 꺼내며 물었다. 내가 끄덕이자 혜란 언니는 담배를 입에 물고 불을 붙였다. 나는 타들어가는 담배 끝을 멀거니 바라보았다.

"한 대 피울래?" 혜란 언니가 담뱃갑과 라이터를 건네주며 말했다.

"좋아요." 나는 한 개비를 꺼내 입에 물고, 라이터로 불을 붙였다.

"나도 이 공터를 좋아했는데. 아무도 드나들지 않으니까." 혜란 언니가 연기를 내뱉으며 말했다.

"제가 빼앗은 걸까요?" 내가 연기를 내뱉으며 물었다.

"전혀. 나는 어차피 더 좋은 장소를 알거든." 혜란 언니가 웃으며 말했다.

"좋아요. 그럼 이제 이 공터는 제 거예요." 내가 말했다.

우리는 동시에 웃었다.

"여기는 좋은 장소야. 왜인지 사원 같잖아. 신성한 기분도 들고." 혜란 언니가 내 생각을 읽기라도 한 듯이 말했다. 나는 놀라서 언니를 돌아보았다.

"맞아요. 저도 그렇게 생각해요."

"이곳은 사실 하나도 신성하지 않은데 말이야." 언니가 말했다. 그리고 침묵 속에서 바다를 바라보았다.

나는 언니를 멀뚱히 쳐다보다가 실례인가 싶어 고개를 돌려 바다를 바라보았다.

언니가 침묵을 깨고 말했다. "백반집에서 지내고 있지?"

"네."

"어린 시절에 거기 누나가 동생을 업어 키웠는데. 동생이 정말 유명한 망나니였지. 나이 먹어서도 누나 속을 많이 썩였어. 그래도 이제는 사람 됐지. 여기저기 떠돌아 살다가 누나의 가게로 들어온 후부터는."

"아는 사이였어요?"

"그럼, 학교 다닐 때는 매일매일 함께 놀았어. 그때 지하 노래방을 그렇게 많이 갔지. 이제는 말도 섞지 않지만."

나는 뭔가 물으려다가 그만두었다.

언니가 담배꽁초를 물웅덩이 속에 버리며 말했다. "그럼 나는 이만 갈게. 오늘 고생했어."

"그래요. 잘 가요."

언니가 벽 너머로 사라지려다 말고 뒤를 돌아보며 물었다. "화투는 잘 배웠어? 이제 잘 칠 수 있겠어?"

나는 잔상처럼 흩어져간 화투 속의 그림들과 향자 할머니의 목소리를 떠올리며 대답했다. "아니요. 자신 없어요."

혜란 언니가 웃으며 말했다. "룰이 어려워?"

"그건 아닌 것 같아요."

"그럼 뭐가 어려워?"

"잘 모르겠어요."

"그렇구나. 그럼 난 정말 간다."

그리고 언니의 자동차는 떠났다.

언니가 떠난 후에도 나는 한참을 파도를 보며 서 있

었다. 그날 내가 그 공터를 떠난 것은 비가 그친 뒤였다. 나는 언니의 꽁초를 주워 접은 우산 속에 내 꽁초와 함께 집어넣었다.

그리고 백반집으로 향했다.

그로부터 몇 주 후, 향자 할머니는 세상을 떠났다. 조만간 할머니의 유족들이 요양원에 방문할 것이었다.

나는 반지와 책을 작은 천 가방에 넣었고, 이것을 그대로 유족에게 전달하기로 마음먹었다.

그리고 한참을 고민한 끝에 책을 가방에서 다시 꺼냈다.

신이시여, 책은 용서해주세요.

나는 손끝을 들어—밑줄이 흐려질 수도 있으니까 책에 직접 손을 대진 않은 채—책의 밑줄을 따라 손을 움직여보았다.

초보자가 알아야 하는 서핑의 룰은 (어쩌면) 간단하다. 서퍼와 보드를 이어주는 기다란 줄을, 서핑 리쉬를 잘 간수해야 한다. 그리고 파도를 타다가—적어도 타려고 시도하다가—물에 빠지고 바다 저편으로 보드를 놓칠 것 같으면 서핑 리쉬를 바로 붙잡아야 한다. 나 같은 초보자에게 리쉬는 필수다. 그것은 모두를 지키는 생명줄이다.

 방금 전까지 온유하고 친밀했던 파도가 돌연히 성을 내서 나를 덮치고 망망대해로 끌고 가더라도, 나는 리쉬를 잡아당겨 보드를 몸 쪽으로 끌어온 후 다시 올라탈 것이다. 그리고 모든 것을 다 잃은 항해자처럼 보드 위에서—그 납작한 돛단배 위에서—숨을 쉴 것이다. 파도가 해안가 방향으로 치기를 기도할 것이다. 바람을 맞으며 물결을 감상하며 다시 철벅철벅 모래를 밟으며 걸을 수 있기를 꿈꿀 것이다.

 서핑 수업을 받을 때, 나는 종종 바닷속에서 보드를 붙잡고 상반신을 내민 채 백과 반을 바라보곤 했다. 그들은 풍경 같았다.

 남매는 바닷가 마을에서 나고 자랐기 때문에 바다에 대해서는—적어도 서핑에 대해서는—놀라운 전문가였다. 나는 그들이 바다를 대하는 태도가 나와 본질적으로 다르다고 생각했다. 내게 바다는 장소였지만, 그들에게는 온몸으로 일렁이며 살아 숨 쉬는 거대한 생물체였던 것이다.

 그들은 바다가 언제 자신들과 놀아주는지, 언제 좋은 파도가 오는지를 본능적으로 알아보았다. 좋은 파도란, 나는 잘 모르지만, 형태부터 다른 것 같았다. 능선처럼 푸르고 부드러운 곡선을 그렸다가, 금세 잔잔해졌다가,

다시 언덕처럼 솟아오르며 우리에게 다가오고 또 다가오는 파도가 좋은 파도인 듯했다. 그런 파도가 올 때면 백과 반은 침묵 속에서 "저기 봐, 바다가 우리와 놀아주려고 하잖아"라고 온몸으로 발화하며 순식간에 보드 위에 올라타 몸을 일으켜 세웠다. 그리고 파도를 탔다.

"멋진데요!" 나는 깍두기 신세가 으레 그렇듯이 그들의 황홀한 놀이에서 완전히 배제되어 보드를 붙잡고 환호했다.

철썩철썩.

그때 파도가 나를 때렸고, 그건 뒈지게 아팠다. 저 멀리서 백과 반이 매끄러운 동작으로 잔잔해진 파도를 타며 다가왔다.

나는 짠물을 그대로 들이마시며—눈을 끔뻑끔뻑 뜨며—바다 풍경과 남매의 모습을, 그들 뒤의 새파란 하늘과 붓질처럼 길게 길게 늘어진 구름 떼를, 눈이 멀 것만 같은 햇빛을, 그리고 다시 그들을 바라보았다.

철썩.

내게 좋은 파도란 없다. 죄다 견디기 힘들고 고달픈 파도일 뿐이다.

내 꼴에 남매가 웃음을 터뜨렸다.

아하하하.

"어서 보드 위로 올라가. 그렇게 보드를 잡고 둥둥 떠

있으면 위험해. 아니면 모래 위에 앉아 있든지." 백이 말했다.

"제가 만약 여기서 빠지면 어떡하죠? 신이 구하러 올까요?" 나는 전혀 웃기지 않은 농담을 했다. 신은 나 같은 것을 구하기에는 너무 바쁘다.

파도가 보드를 힘껏 끌어당겨 저 멀리로 데려갔다.

"아니, 마을의 구조대가 구하러 오지." 반이 하하하 웃으며 말했다.

"그럼 그 사람들이 신이군요." 나는 바다에 둥둥 뜬 채 서핑 리쉬를 붙잡아 힘껏 끌어당기며 저 멀리까지 밀려간 보드를 내 쪽으로 데려오기 위해 애썼다. 파도가 세서 여간 힘이 드는 게 아니었다.

"찬서 아줌마랑 윤형 아저씨가 신인가?" 백이 보드 위에 엎드려 누우며 반을 향해 하하하 웃었다.

"아니, 술고래지." 반 역시 자세를 낮추더니 엎드려 누우며 백의 말에 응답했다.

"그럼 왜 사람을 구해요?" 나는 물었다. 보드가 너무 무거웠다. 파도가 자꾸만 내 보드를 저 멀리 데려가려고 했다.

"바다를 사랑해서 혹은 바다에서 태어나서." 백이 두 손으로 물장구를 치며 말했다. 햇빛이 백의 뒤통수부터 발꿈치까지 — 하늘을 향하는 등을 부드럽게 쓸면서 —

떨어졌다.

"그게 다예요?" 나는 물었다.

"그럼, 뭘 더 기대하니?" 백이 물었다.

"기대한 건 아닌데요. 궁금해서요." 나는 혼잣말을 하듯 대답했다. 그 순간 파도의 힘이 잔잔해졌고, 나는 리쉬를 끌어당겨 보드를 내 쪽으로 데려왔다.

"그 사람들은 그게 업이야. 먹고사는 일. 업은 생과 끈끈하게 얽혀 있어." 백이 말했다.

"음." 나는 겨우겨우 끌어당긴 보드 위로 엉금엉금 어정쩡하게 기어올랐다. 그리고 보드에 옆얼굴을 대고 누웠다.

"부담 주지 마." 백이 내게 말했다.

"무슨 부담이요?" 내가 물었다.

"전부 다! 그들이 자유롭게 살게 놔둬! 그들은 이미 많은 것을 바다에 걸었어." 백이 뒤에서 말했다.

어쨌든 백과 반은 보디가드들처럼 내 뒤를 지켜주었다. 백이 반보다 나와 아주 약간 더 가까웠다. 그날 나는 오랜 연습으로 기진맥진해져 있었기 때문에 편안히 엎드린 채 옆으로 고개를 돌려 바다를 보며 누워 있었다. 다행히 그날 바다는 매우 잔잔했고, 파도는 미세하게 쳤기 때문에 가만히 누워 있으면 나는 더 깊은 곳으로 가는 게 아니라 자꾸만 얕은 곳으로, 모래사장 쪽으로 돌아왔다.

말하자면 우리의 구조는 아래와 같았다.

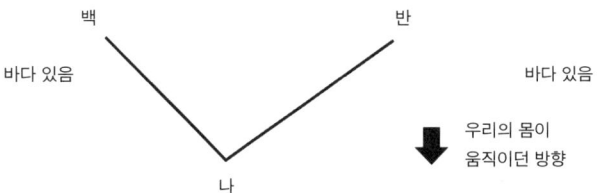

이것은 신의 관점이다.

신의 관점에서 우리는 작은 새들처럼 보일 수도 있다.

그러나 신의 관점을 따라 하는 것, 그건 불경하고 쓸쓸한 짓이다.

나는 이대로 눈을 감고 잠에 들어도 좋겠다고 생각했다. 보드를 타고 햇빛을 맞으며 망망대해를 떠도는 것이다. 그러면 아주 많은 사람을 다시 만날 수도 있지 않을까.

"자, 이제 나가자. 바다 밖으로."

어느새 보드가 해변 가까이 흘러와 있었다.

백의 말에 나는 천천히 보드 위에서 몸을 일으킨 다음 발을 내려 바닷속 모래에 착지했다. 바다와 모래의 경계선이, 해변이, 마을이 보였다.

향자 할머니가 세상을 떠난 후, 나는 할머니가 선물해 준 책을 종종 펼쳐보곤 했다.

나는 아직 배우는 중이었다—정말이지 열심히. 그러나 대부분의 것들은 아무리 연습하고 또 연습해도 도저히 쉽게 익숙해지지 않는다.

어쨌든 나는 계속해서 파도를 타기 위해 노력할 것이다.

요양원에 출근하거나 서평을 하지 않을 때면 그리고 백반집에서 할 일도 없을 때면 나는 홀로 마을을 산책하곤 했다.

어느 날은 승합차 한 대가 내 앞에 멈춰 서더니, 창문을 열어 물었다. "31번지로 가려면 어디로 가야 해요?" 그건 요양원의 주소였다.

나는 대답했다. "면회 시간은 끝났는데요."

운전자는 어깨를 으쓱하며 말했다. "면회를 가려는 건 아니에요."

"그럼 무슨 일인데요?" 나는 잔뜩 경계하며 물었다. "혹시 마약을 판매하시나요?"

운전자는 헛웃음을 지으며 조수석 쪽을 돌아보았다. 그 안에도 사람이 있었다. 둘은 서로를 마주보며 잠시 웃었다.

"저는 진지해요." 나는 말했다. "평화로운 마을을 망치지 마세요."

운전자는 나를 돌아보며 답했다. "우리는 할머니의 유품을 찾으러 왔어요."

"향자 할머니요?"

"음, 맞아요. 향자 할머니."

"아, 그렇군요. 죄송해요. 제가 실례했어요……"라고 말한 뒤, 나는 정확한 지도를 다시 알려주었다.

차가 출발했다.

뒤늦게 그들이 향자 할머니의 유족들일 수도 있다는 사실을 떠올린 나는 부리나케 차를 쫓아 달리기 시작했다.

자동차는 곧 멈추었다. 창문이 열리고 운전자가 겁에 질린 얼굴로 고개를 내밀며 나를 돌아본 것은 그때였다. "왜 쫓아오는 거예요?"

"향자 할머니의 유품을 찾으러 왔다고 했죠?"

"예, 맞아요. 그런데 왜요?"

내가 숨을 헉헉거리며 답했다. "제가 할머니의 유품을 갖고 있어요. 돌려줄게요."

운전자가 고개를 내밀며 물었다. "당신이 뭔데 갖고 있어요?"

"요양원에서 일하고 있거든요. 할머니가 저에게 반지를 선물해줬어요. 돌려줘야 할 것 같아서요."

"음……" 운전자가 생각에 잠긴 표정으로 나를 쳐다봤다.

"가족분들인 줄 몰라뵙고 실례를 끼쳐서 죄송해요." 내가 여전히 숨을 헐떡이며 말했다.

"저희는 유족이 아니에요." 조수석의 사람이 말했다.

"그럼 당신들은 누군데 유품을 챙겨 가요?" 내가 물었다.

"음, 말하자면 전문 업체에요. 유품을 정리해서 배달하는." 운전자가 말했다. "설명이 좀 됐을까요? 우리는 매우 바쁘고, 어서 일하러 가야 해요."

"그럼 반지도 가져가셔야 하잖아요. 반지는 요양원에 있어요. 저를 태워주세요." 나는 밭은 숨을 몰아쉬며 간청했다.

"태워달라고요?" 조수석의 사람이 말했다. 그리고 운전자를 돌아보며 웃었다. 웃는 건 운전자도 마찬가지였다.

"그래요, 타세요." 운전자가 창밖으로 주변을 둘러보며 말했다.

나는 그들의 차에 올라탔다.

"마약 이야기는 뭐예요?" 운전자가 물었다.

나는 답했다. "이 마을에서 마약이 거래된다는 소문이 있어요."

"별로 좋은 거래 장소 같진 않은데." 조수석의 사람이 웃으며 말했다.

"그러니까 여길 선택했을 수도 있죠. 아무도 의심하지 않을 테니까." 운전자가 조수석의 사람을 돌아보며 ― 마찬가지로 웃으며 ― 말했다.

"이런 조용한 마을에 마약이 퍼진다면 걷잡을 수 없을 텐데 큰일이네요." 조수석의 사람이 진지한 표정으로, 나를 멀거니 쳐다보며 말했다.

"아, 그러고 보니 우리가 아침에 식사했던 백반집의 남매도 마약을 한다고 누가 그러던데." 운전자가 말했다.

나는 침묵한 채 일단 듣고 있었다.

"오, 그러게. 왠지 둘 다 눈이 흐릿해 보이던데요." 조수석의 사람이 맞장구쳤다.

"맛이 간 건가?" 운전자가 웃으며 말했다.

나는 항변했다. "그들은 제 서핑 선생님들이에요."

"음." 운전자가 웃었다. "그게 마약을 안 한다는 증거가 되지는 않잖아요."

"저는 그들을 오래 봐왔어요." 내가 답했다.

"그것도……" 운전자가 말하려는 찰나, 조수석의 사람이 손을 들어 운전자의 말을 막았다.

조수석의 사람이 말했다. "그만합시다."

운전자가 말했다. "왜 이래요, 비난하려는 생각은 없었어요. 저기요, 누가 마약을 하는지 알아요?" 운전자가 나를 힐끗 돌아보며 물었다. 내가 입을 다물고 있자 운전자가 덧붙여 물었다. "미친 사람들만 마약을 하는 것 같아요?"

"그럼 누가 하는데요?" 내가 물었다.

"불행한 사람들이 해요, 불행한 사람들이." 운전자가 말했다. 그러더니 잠시 차를 멈추고 휴대폰을 만졌다.

조수석의 사람이 말했다. "기다려봐요. 연락을 해보고 있어요."

"유족에게요?" 나는 물었다.

운전자가 나를 돌아보며 답했다. "가져도 돼요. 어머님께 대단히 비싼 물건은 없었어요."

그 말에 나는 서글퍼져서 말했다. "하지만 할머님께 소중한 물건이었던 것 같아서요. 돌려드릴게요." 나는 잠시 뜸을 들였다가 고백했다. "사실 책도 받았어요. 그것도 돌려드릴게요."

"아까 책은 왜 이야기 안 했어요?" 조수석의 사람이 웃으며 물었다.

"죄송해요." 내가 사과했다.

"뭐, 상관없어요. 그냥 가지세요. 별거 아닌 물건들 같은데." 운전자가 말했다.

그 말에 나는 더욱 서글퍼졌다. "아니요…… 별거 아닌 물건들은 아니에요. 왜 가져가지 않으시려는 거죠? 가져가주세요."

그러자 자동차 안에 침묵이 감돌았다. 깊은 침묵이었다.

"반지를 돌려줄 필요가 없으니 내리셔도 되겠는데요." 조수석의 사람이 말했다.

"그래요. 내리세요." 운전자가 말했다.

그렇게 나는 차에서 내렸고, 차는 떠났다.

내린 곳은 서핑 보드가 세워져 있는 천막 근처였다. 나는 천막을 향해 걸어갔다. 석양이 깔리는 중이었고, 날이 선선했다.

파도 한 점 치지 않는 고요한 바다였다. 이런 바다에서라면 아무리 굉장한 서퍼라도 고생을 깨나 할 것이었다.

나는 보드를 어루만지다가 바닷가로 걸어갔다. 그리고 모래 위에 앉아 잔잔하게 일렁이는 파도를 바라보았다. 주홍빛 석양에 녹아드는 해변 풍경은 아름다웠다. 바다부터 하늘까지 물결 모양의 경계선을 그리며 켜켜이 쌓인 거대한 지층 같았다. 새들이 저 끝에서 날아와 지층들의 경계선을 가로지르며 다른 쪽 끝으로 날아가는 모습이 보였다.

나는 주먹을 쥐고 허공에 들어 올리며 도장을 찍는 시늉을 했다. "탕. 탕. 이 공터는 제 것입니다. 방금 계약을 체결했습니다."

향자 할머니가 보고 싶었다.

나는 손끝을 들어 바다의 물결들을 쓸어보기 시작했다. 천천히. 천천히.

저 뒤편에서 자동차 한 대가 멈추는 소리가 들린 것은 그때였다. 나는 뒤를 돌아보았다. 아까 그 자동차였다. 조수석의 사람이 차 문을 열고 나와 서서 내게 큰 소리로 물었다.

"거기서 뭐 해요?"

"그냥 바다 구경해요." 내가 말했다. "이제 가시나요?"

"네, 이제 가려고요. 처분할 짐은 별로 없네요. 옷가지랑 책이랑 화투밖에." 조수석의 사람이 답했다.

나는 서글퍼져서 말했다. "그렇군요."

"향자 할머니랑 화투를 많이 치셨나요?" 조수석의 사람이 물었다.

"아니요, 조금 배웠을 뿐이에요. 그런 건 왜 물으시는 거예요?"

"그냥요."

나는 충동적으로 물었다. "할머니는 이제 평온해지셨

을까요?"

"그러기를 바라야죠."

"반지와 책을 돌려드려야 한다면, 언제든 말해주세요. 언제든 돌려드릴게요." 내가 소리치듯 말했다. "언제든. 언제든 가져가셔도 괜찮아요."

"음, 그럴 일은 없을 거예요." 조수석의 사람이 말했다. "그럼 저희는 이만 떠날게요. 긴 여정이었어요."

그리고 자동차는 출발했다. 뒷좌석에 누군가 한 명 더 타고 있는 것 같았지만, 누구인지는 볼 수 없었.

자동차는 바닷가를 떠나 멀리멀리 사라졌다.

다음 날 요양원에 방문했을 때, 나는 혜란 언니에게 전날 요양원을 방문한 자동차가 없다는 소식을 들었다.

나는 말했다. "하지만 향자 할머니의 유품을 찾으러 왔다고 했는데요. 유족의 부탁을 받고."

혜란 언니는 어깨를 으쓱하며 답했다. "향자 할머니게는 동생이 하나 있었는데, 유품을 요양원에서 정리해달라고 했어."

"그럼 제가 올라탄 차는 뭐였죠?" 나는 혜란 언니에게 물었다.

"글쎄, 꿈을 꿨나 보지." 혜란 언니가 말하며 아하하 웃었다. "나는 정말 모르겠다."

내가 불안해져서 말했다. "어쩌면 그분들은 진짜 마약상이었던 건지도 몰라요."

"모르는 사람들의 차에 올라타지 마." 혜란 언니가 웃으며 조언했다. "그럼 난 이만 일하러 간다."

내가 무언가를 더 물으려고 했을 때, 혜란 언니는 이미 바삐 사라진 뒤였다.

그날 저녁, 나는 혜란 언니의 도움을 받아 요양원의 전화기로 향자 할머니의 동생에게 전화를 걸었다. "전화 잘해." 그 말을 남기고 혜란 언니는 퇴근했다.

몇 번의 수신호가 길게 이어진 후에야 할머니의 동생은 전화를 받았다. 연로한 목소리였다. 나는 다급히 사정을 설명했다.

"가지세요." 할머니의 동생이 말했다. "누나에게 책을 읽어주던 사람이죠?"

"맞아요. 아, 그런데 그건 딱 한 번뿐이었어요……"

"누나가 얘기한 적 있어요. 가지세요."

"하지만 이 반지, 소중한 거 아니에요?"

"맞아요. 예전에 어린 딸이 누나에게 선물해준 거예요. 하지만 누나가 당신께 선물한 거잖아요. 그걸 가져도 되는지 저한테 허락받을 이유는 없어요."

"감사해요."

"나한테 감사할 일은 아니죠. 그럼 들어가세요."

그리고 전화는 끊어졌다. 나는 책에 대해서 할머니의 동생에게 묻지 않았다는 사실을 떠올렸고, 그것 때문에 다시 전화를 걸고 싶지는 않았다.

그날 탄 자동차의 정체가 무엇이었는지를 상의하기 위해 나는 백반집 남매를 만나러 갔다. 그러나 그들은 외출 준비로 바빠 보였고, 의문의 자동차 이야기를 꺼낼 틈은 없었다.

백과 반이 마을 바깥으로 외출을 할 예정이라고, 혹시 따라오겠느냐고 물었다.

나는 좋다고 답했다. 그들이 어디로 가는지는 직감적으로 알고 있었다. 수목장이었다. 아이는 바다랑 숲 중에서 숲을 좋아했다고, 반이 알려주었다. 아이가 살아생전에 반이 조카를 데리고 숲으로 글램핑을 떠난 적이 있었다고 했다.

수목장으로 가는 길, 양쪽으로 녹음이 짙었다. 울창한 나무들이 오래도록 이어졌다. 차 안에는 백이 선곡한 노래들이 흘러나오고 있었고, 그건 전부 리듬이 신나면서도 어딘가 서글픈 분위기를 풍겼다. 백은 노래에 맞춰 콧노래를 흥얼거리고 손가락으로 핸들을 두드리며 운전했다.

백의 아이는 자전거 사고로 죽었다. 둥그스름한 뒤통

수 끝까지 5대 5 가르마를 타고 양 갈래 머리를 묶고 다니던 아이였다고 했다.

아이에 대해 이야기할 때 백은 언제나 가정법을 좋아했다.

내가 더 부자였더라면
더 좋은 자전거를 사주었겠지.
내가 아이에게 평소에 더 다정했더라면
아이는 일찍 집에 돌아왔겠지.
그날 아이가 일찍 집에 돌아왔더라면
우리는 함께 도시락을 싸고 소풍을 갔겠지.
햇빛 맑은 날 소풍을 갔더라면
새 떼가 날아가는 모습을 함께 보았겠지.
비가 쏟아지는 날 소풍을 갔더라면
우리는 흠뻑 비를 맞으며 깔깔 웃었겠지.

자동차 스피커에서 흘러나오는 노래에 맞춰 백은 계속 콧노래를 불렀다. 나는 창밖의 초록빛 세계와 백미러 속 백의 고요한 얼굴을 번갈아 바라보다 창문에 얼굴을 바짝 붙인 채 하늘을 올려다보았다. 백이 아이를 위한 노래를 손수 지어 부를 때, 누가 백을 위한 노래를 지어 불러주는 걸까?

"다른 노래 좀 듣자." 반이 말했다.
"싫어." 백이 날카롭게 받아쳤다.

"좋아, 꽃은 어디서 사 갈 거야?" 반이 한 수 접었다.

"꽃은 안 산다고 말했잖아." 백은 단호했다.

"왜? 그 앞에 꽃집 있잖아." 반이 물었다.

"그 꽃집 사장, 마음에 안 들어. 절대 그곳에서 꽃을 사지 않을 거야." 백이 단호하게 답했다.

"왜?" 반이 물었다.

"그 사장이 나한테 유독 친절해. 네가 내 아이를 위한 꽃을 사야 한다고 굳이 입을 놀린 그날부터." 백이 반을 슬쩍 쳐다보며 말했다. "아주 촉촉한 눈빛으로, 무언가라도 해주고 싶다는 듯이 나를 쳐다본다고."

"나는 그냥 조카가 더 좋아할 것 같은 꽃다발을 사고 싶은 마음에……"

들짐승이라도 나타난 것처럼 백이 급브레이크를 밟아 차를 세웠다. 나는 앞에 얼굴을 박을 뻔했다. 우리 차 뒤에 달려오는 차는 없었다. 백은 심호흡을 한 뒤 다시 차를 출발시키더니 갓길에 댄 다음 안전벨트를 풀고 차 문을 열고 나갔다. 나와 반은 침묵했다. 백은 수풀들을 우적우적 밟으며 안으로 들어가 길게 심호흡을 하기 시작했다. 나와 반은 차에 남아 백이 선곡한 노래들을 들었다.

엄숙해진 분위기를 깨며 내게 말을 건 것은 반이었다. "다음에는 내가 다른 곳에서 꽃을 사 와야겠어. 그러면

되지, 그치."

나는 아무 대답도 하지 않았다.

내가 창밖으로 백이 있는 곳을 바라보았을 때, 백의 몸통은 아주 자그마해져 있었다. 얼굴도 앳되어져 있었다. 백은 초등학생 같았다.

나는 반이 앉아 있는 조수석을 바라보았고, 반 역시 아주 작고 앳되어져 있다는 것을 알았다. 그러자 반이—조수석에 앉은 초등학생이—창문을 열고 한숨을 길게 내쉬었다.

백은—초등학생은—차로 돌아왔고, 곧장 꽃집으로 향했다.

어려진 백이 먼저 차 문을 열고 나가자 어려진 반도 따라나섰다. 나도 조용히 차 문을 열고 두 초등학생을 뒤따라갔다.

꽃집 안에는 여러 꽃들이 자아내는 진한 향이 가득했다.

"주세요. 저희 또 왔어요." 어려진 백이 말했다.

꽃집의 주인은 고개를 숙이고 카운터를 빠져나와 어딘가로 걸어갔다. 그리고 미리 포장해둔 꽃다발 하나를 들고 왔다.

그날 도착한 수목장은 아름다웠다. 날씨가 아주 좋았다. 두 초등학생은 나무 앞에 꽃다발을 내려놓고 한참을

서 있었다.

"자전거 타는 일을 가르쳐준 걸 후회하지 마." 어려진 반이 정적을 깨고 말했다.

어려진 백은 무너져 내리는 얼굴로 흐느끼기 시작했다.

돌아오는 길에 백과 반은 음악도 틀지 않고 고요히 운전했다. 그들의 몸집에 비해 자동차가 너무 컸다.

"음악 듣고 싶어?" 그때 어려진 백이 물었다. 나는 아니요,라고 답하려다 말았다.

"네, 듣고 싶어요. 언니가 좋아하는 걸로 틀어주세요."

백은 곧장 마을로 돌아가지 않고 오른편의 해안가를 따라 오래오래 드라이브를 시작했다. 노래가 차 안의 정적을 채웠다. 자동차가 도로를 달리는 동안 남매는 다시 조금씩 어른이 되어, 어느새 어엿한 성인의 모습이 되어 차 안에 타고 있었다.

반은 창밖으로 고개를 내밀고 바닷바람을 들이켜 마셨다. 한번은 창문을 열고 백이 담배를 피웠다.

나는 뒷좌석의 창문을 열고, 바닷바람을 맞으며, 할머니의 목소리를 떠올렸다.

이 공터는 내 거야.

내가 하늘이랑 계약했거든.

그럼, 도장 꾹 찍고.

"돌아가면 서핑 연습을 하자. 도대체 너는 언제쯤 파도를 멋들어지게 탈 수 있을까?" 백이 나를 슬쩍 돌아보며—약간 웃으며—말했다.

"쟤는 평생 못할 것 같아." 반이 나를 슬쩍 돌아보며—마찬가지로 약간 웃으며—말했다.

"왜요, 전에 한 번 오래 탄 적 있잖아요." 내가 반박했다.

"다 짤막짤막해. 너는 서퍼가 되려면 멀었어." 백이 핸들을 탁탁 치며 말했다.

반이 끄덕였다. "맞아, 쟤는 멀었지."

"기회를 주세요. 아직 배우는 중이잖아요." 나는 말했다.

향자 할머니의 침대가 정리되었다.

나는 공터에 갔고, 플라스틱 의자에 깊숙이 몸을 넌 채 눈을 감고 파도 소리를 들었다.

내 의자가 돛단배라면 좋을 것이다. 무적의 돛단배. 파도를 타는 돛단배. 서퍼들의 보드보다 더 쌩쌩한 돛단배.

이 돛단배를 타고 파도 위를 넘실넘실 항해해야지. 그럼 그리운 사람들을 죄다 만날 수도 있겠지.

그러자 나는 바다 위였다. 파도는 잔잔했다. 고요한 몸짓으로, 파도가 나를 어딘가로 데려갔다.

방랑, 파도

나는 흥얼거리기 시작했다.

내 의자가 돛단배라면.

내 의자가 돛단배라면.

내 의자가 돛단배라면.

나는 할머니가 가르쳐준 화투의 룰을 떠올리기 위해 애썼다. 그러나 아무것도 기억나지 않았다.

화투를 한 장 한 장 내려놓던 할머니의 주름진 손만이 떠오를 뿐이었다.

"만약에," 백이 내게 서핑을 가르치다 말고 말하곤 했다. "만약에 갑자기 파도가 거세져서 보드를 놓칠 것 같으면 어떻게 할 거야?"

백은 종종 내가 자전거 타기를 처음 배우는 아이인 것처럼 굴었다. 그리고 나 역시 그런 아이처럼 굴었다. 비틀비틀 자전거를 타면서 불안한 얼굴로 뒤를 돌아보는 아이처럼, 나는 보드 위에 올라타려다 말고 백을 돌아보곤 했다.

"그럼 줄을 잡아야죠." 나는 대답했다. "그건 너무 기초 상식 아니에요?"

백이 말했다. "기초 상식은 언제나 중요한 거야."

언젠가 만약에 내가 바다에서 놀다가 세상을 뜨더라도, 백을 원망할 일은 없을 것이다. 그러나 백은 가정법으로만 노래하기 때문에 ─슬픔에 빠진 사람은 언제나 과거에 대한 시뮬레이션을 돌리기 때문에 ─내 뒤에서 몰려오는 파도의 리듬에 맞춰 보드를 힘껏 밀어주었던 그 하루들에 대해 수도 없이 다시 생각할 것이다.

땡볕 밑에서 모래를 밟으며 줄을 붙잡고 보드를 질질 끌어 걸어갈 때, 백은 항상 생각에 잠긴 것처럼 말을 하지 않았다. 무언가를 지시할 때가 아니면 백은 둘 중 하나였다. 날카롭거나. 고요하거나.

그건 또 하나의 수업이었다: 슬픔은 전문성과 세련됨을 박탈한다. 그러나 (어떤) 사람들은 전문적이고 세련된 슬픔만을 환대한다.

서핑 연습이 끝나고, 시원한 바닷물에서 빠져나와 보드를 해변까지 끌고 온 다음 뒤돌아 바다를 바라보면, 그 모든 세상이 석양에 물들어 있곤 했다. 황금색으로 빛나던 태양을 둘러싸고 주홍빛 하늘이 바닷가로 줄줄 흘러내렸다.

얼마나 오랫동안 바닷가에 있었는지 두 손이 쪼글쪼글했다. 잠깐이었지만, 어쩌면 나는 이제 모든 슬픔을 감당할 수 있을지도 모른다는 생각이 들었다. 그 어떤 일이 있더라도 책에 밑줄을 그었던 할머니처럼.

그날은 온몸이 기진맥진한 날이었고, 나는 모래사장에 보드를 던지고 옆에 ─ 버석버석한 모래 위에 ─ 누웠다. 바다를 향한 채, 해안가와 평행을 이루며.

저 멀리 다가오는 파도와 드넓은 바다가 보였다.

이 공터는 내 거야.

내가 하늘이랑 계약했거든.

그럼, 도장 꾹 찍고.

그때였다. 하늘에서 거대한 존재가 절을 하듯이 두 손을 바다에 댄 채 엎드려 고개를 돌렸다. 어마어마하게 거대한 존재였다. 나는 볼품없이 작았다. 손톱만큼 작았다. 모래만큼 작았다. 신의 앞에서, 나는 초등학생보다도 작았고 어렸으며 슬픔에 속수무책이었다.

그리고 그건 신성한 일이 아니었다. 아름다운 일도 아니었다. 그건 단순한 일이고, 무심한 일이며, 초라한 일이었다.

나는 묻고 싶었다.

종종 굽어살피시는지.

이곳을, 이 어둑한 곳을.

그러나 거대한 존재는 내 슬픔을 주워주지 않는다. 거둬 가주지도 않는다. 보살펴주지도 않는다. 슬픔은 전적으로 내 몫이다.

"자, 일어나. 보드 정리해야지. 천막으로 가자." 백이 말했다.

이제 내 몸보다 커다란 보드를 끌 시간이었다. 생의

무게를 끌 시간이었다.

나는 자리에서 일어나며 말했다. "잠시만요. 모래를 좀 털고 올게요."

"그러게 왜 누웠어." 반이 말했다.

"어서 바다에 몸을 담그고 와." 백이 말했다.

나는 다시 바닷속으로 성큼성큼 걸어갔다. 저 멀리서 새들이 날아가는 모습이 보였다.

나는 마음속으로 어떤 노래를 흥얼거리며 푸른 물에 몸을 담갔다—축축하게 들러붙어 있던 모래들을 풀어내면서.

새파란 바다가 나를 감싸안아주었다. 눈을 뜨자 일렁이는 해초들이 보였다. 초록빛 해초. 춤추는 생명들.

잠시 후 나는 다시 방향을 돌려 얕은 곳으로 헤엄쳤고, 바다에서 빠져나와 모래 위를 걸으며 보드와 연결된 줄을 쥐었다.

그리고 순례를 시작했다.

인터뷰

이서아
×
홍성희

홍성희 이서아 소설가와 〈소설 보다〉가 만나는 첫 자리를 함께 꾸리게 되어 기쁩니다. 지난해 봄 첫 소설집을 출간한 이후로 어떤 계절들을 보내오셨는지요. 여름을 맞이하는 이서아 소설가의 근황을 먼저 청해 듣고 싶습니다.

이서아 처음 뵙겠습니다. 반갑습니다!
마침 이 자리에 딱 맞는 근황이 있어요. 지난 여름에 기막힌 휴가를 보낸 적이 있는데요, 첫날에는 서핑을 배우고 둘째 날에는 스쿠버다이빙을 했거든요. (아직도 서핑은 제대로 해본 적이 손에 꼽아요. 저는 아무래도 운동신경이 좋은 편은 아닌 것 같아요.) 한창 서핑 연습을 하고 있으려니 저 멀리에서 서프샵 사장님께서 "둘째 날 다이빙은 어디서 해요?"라고 물어보시기에 "○○에서요"라고 대답했지요. 그러자 "아, 거기 알지"라고 반가워하시면서 제 스쿠버다이빙 선생님의 성함을 말씀하시더라고요. 저는 그 순간 되게 즐거웠는데요, 이유는 모르겠어요. 버스 기사님들께서 버스가 지나칠 때 서로 거수경례를 하는 모습을 발견한 것 같았다고 할까?

그런 찰나의 순간을 제외하면 대부분은 그냥 일하면서 보냈어요. 그러니까 그 1박 2일과 같은 순간을 제외하면, 저는 아주 반복적인 하루하루를 보냈어요. 국어 학원에 출근하고, 퇴근하고, 재택근무하고(학원 시험지를 만드는 일을 하고 있습니다), 남는 시간마다 소설 쓰고, 운동하고, 고양이랑 쉬고……

홍성희 「방랑, 파도」는 '나'가 요양원 침대 밑으로 굴러 들어간 옥색 반지를 찾기 위해 절을 올리듯 엎드리는 움직임으로 시작해요. 이 수직의 이미지는 소설의 말미에서 더 큰 존재에 의해 반복되면서 "굽어살피"는 마음을 생각하게 합니다. 하지만 옥색 반지를 찾게 하는 건 고개를 옆으로 돌리고 "옷걸이나 빨대를 휘적거"리는 약간의 수평적 '노동'이기도 해요. 이 소설에서는 공원과 모래 위를 걷고, 차를 타고 해안가를 달리고, '백'과 '반'이 '백반'이 되는 것처럼 옆으로 연결되는 수평의 이미지들이 온화한 힘을 발휘하는데요. 사람들이, 침대가, 화투 패나 서핑 보드가 나란한 요양원, 백반집, 모래사장, 바다, 공터, 차 안에서 사람들은 서로를 돌보면서 '곁을 살피는' 마음으로 성기게 이어져 있는 것 같습니다. 그런 수평의 움직임이 수직의 움직임과 만나 일렁이는 모습이 파도와 그 위의 보드, 그 위에 눕거나 선 몸의 하나 된 움직임으로 거듭 그려지고 있는 것이 아닐까, 먼바다의 풍경을 내내 상상해보게 되었는데요. 다이빙하는 인물을 그리기도 했던 이서아 소설가에게 서핑을 배우는 '나'의 시간을 그리는 일은 어떤 마음의 움직임으로 가득한 것이었는지 궁금합니다.

이서아 수직과 수평,이란 단어로 저의 글을 인식해본 적은 없는데 생각에 잠기게 하는 질문입니다. 그러고 보면 스쿠버다이빙도 대개는 수평의 움직임으로 이루어진다는 점이 흥미롭습니다. 오히려 파도에 흔들리는 서핑보다 바닷속에서 고요히 움직이는 스쿠버다이빙이 훨씬 더 수평적인 것 같기도 하고요. 입수할 때와 출수할 때를 제외하고 동료들과 움직일 때는 모두 수평으로 움직이니까요. 그러고 보면 심지어 출수할 때도 수평적인 움직임이 있어요. (『어린 심장 훈련』에 수록된 「푸른 생을 위한 경이로운 규칙들」에서 이미 했던 이야기이긴 한데) 스쿠버다이빙의 경우, 몸에 쌓인 질소를 빼내기 위해 출수 도중 수심 5미터에서 3분 동안 함께 멈추어야 하는데요(그걸 '안전 정지'라고 부릅니다). 그때에는 모든 다이버가 배와 연결된 밧줄을 중심에 두고 둥글게 모여 서로를 살피며 둥둥 떠 있어야 하기에, 다이버들을 연결해주는 암묵적인 수평선이 생기지요.

아무래도 스쿠버다이빙과 서핑은 수평의 움직임과 수직의 움직임의 혼합을 가장 근사하게 나타내는 스포츠 중 하나가 아닌가 합니다. 서퍼는 반듯하게 하늘을 향하거나 물속으로 빠져 잠기면서, 드넓고 푸르른 바다 위를 미끄러지듯 (혹은 위태롭게) 이동하지요. 수평과 수직의 힘이 동시에 작용할 때 태어나는 세상의 균열에 우리 생의 흔적은 조각조각 흩어져 내리는

지도 모르겠습니다.

어쩌면 생의 모든 행위는 수평적 움직임과 수직적 움직임을 내포하는 것 같기도 합니다. 굽어살피는 일에서도, 스쿠버다이빙과 서핑에서도, 곁을 살피는 일에서도, 사랑과 돌봄에서도 두 움직임이 동시다발적으로 태어납니다. 왜인지 수직의 움직임보다는 수평의 움직임이 어감상 '우리가 지향해야 할 절대적인 무언가'인 것처럼 들리지만, 사실 수직의 움직임이야말로 온화함을 넘어선 뜨뜻한 온도를 가지고 있을 때가 있는 것 같습니다. 절박한 기도, 깊은 수심으로 향하는 용기, 분노와 반항, 도전적인 마음, 절벽에서 계곡물로 뛰어내리거나 하늘 위로 날아오르는 순간의 에너지를 나타낼 수도 있으니까요. 깊은 수심의 바닷물과 계곡물은 아주 차갑기 때문에 그곳에 향하기 위해서는 아주 뜨거운 심장과 만반의 준비가 필요합니다. 그렇다고 해서 수직의 움직임이 수평의 움직임보다 더 중대한 움직임이라고 주장하고 싶은 생각은 없습니다. 수평의 움직임 없이 수직의 움직임이 존재할 수 없고, 수직의 움직임 없이 수평의 움직임이 존재할 수 없으니까요.

    모쪼록 생의 모든 행위가 수평적 움직임과 수직적 움직임을 내포한다면, 저 역시 두 움직임을 (다소 불규칙적으로) 번갈아 겪으며 글을 써왔다고 말씀드리고 싶습니다.

홍성희 '향자 할머니'와 '나'의 관계에 대하여 이야기를 이어가보면 좋을 것 같아요. 요양원에서 돌보는 일을 하는 것은 '나'이지만, 향자 할머니 역시 '나'를 돌보는 일을 내내 해오신 것 같습니다. 책을 손끝으로 따라가며 소리 내 읽게 하고, 화투 치는 법을 알려주고, 책을 주고, "이 공원은 내 거야"라는 말을 능청스럽게 하는 모습을 보여주면서, 할머니는 '나'가 무언가를 천천히 배우는 일에 자꾸 가까이 닿아 있게 합니다. 그렇게 서평을 배우는 마음을 점점 단단히 만들어주고, 바다와 함께 "일렁이는" 힘을 깊이 새겨주는 것만 같아요. '이 공터는 내 거야'라고 '나'가 거듭 생각할 때, 할머니가 '나'에게 준 것은 옥색 반지와 책만이 아니라 할머니가 살아온 시간이기도 한 게 아닐까 생각했습니다. '나'는 할머니의 유품들을 "선물"이라고 거듭 말하는데요. 살아가는 일에서 선물이란 어떤 의미와 무게를 가지게 되기도 하는 걸까요? '나' 역시 향자 할머니에게, 백과 반, 혜란 언니 그리고 '나' 자신에게 선물을 건네려는 마음으로 가득했을 것만 같습니다.

이서아 「방랑, 파도」의 '선물'은 '유산(遺産)'과 같은 의미인 것 같습니다. 유산은 기쁘기도 하지만 부담스럽기도 합니다. 물려준 그 마음에 책임을 져야 한다는 부담감을 주니까요. 무엇보다 '나'는 사실 향자 할머니의 생의 무게를 감당하지 못하는 성격의 화자이자 인물입니다. 그래서 처음에는 반지를 갖고 싶지 않다고 직접 말하기도 하고, 자신이 가져도 되는지 계속해서 의구심을 갖지요. 반지와 책을 가져서 '나'는 기쁨과 즐거움보다는 오히려 부채감을 느끼는 것입니다. 그러나 막상 다른 인물이 그 물건은 무의미하다고 말하면 속상해하기도 하는 복합적인 마음으로, 모쪼록 귀하게 여기고 아끼는 것이겠지요.

그렇다면 할머니의 목소리를 '나'가 계속해서 떠올리는 일을 통해, '나'는 홍성희 평론가의 말쏨처럼 "할머니가 살아온 시간"을 물려받았다고 말할 수도 있겠습니다. 이때 '나'가 할머니의 말을 왜곡해서 떠올리는 것을 보면('공원'이라는 단어가 '공터'라고 변하듯이) 향자 할머니의 생은 그렇게 매끄러운 방식으로 '나'에게 전해지는 것 같지 않습니다. 반지가 비교적 온전한 형태로 전해지고, 책은 밑줄 그어진 형태로 전해질 때, 이야기는 (혹은 누군가의 시간이나 타인의 생은) 끝없이 치고 또 치는 파도와 물결처럼 계속해서 뒤척여가며(형태를 바꾸어가며) 계승되는 것만 같습니다.

향자 할머니 역시 '나'를 내내 돌보셨다는 홍성희 평론가의 말씀처럼, 「방랑, 파도」는 표면적으로는 '나'가 할머니와 혜란 언니와 백과 반을 돕는 것 같지만 사실상 '나'가 온 마을 어른들의 돌봄과 가르침과 상속을 받는 이야기입니다. (본의 아니게 제가 저의 이야기를 정의하고 있는데, 이것은 인터뷰 질문에 답을 드리는 순간 동안의 생각일 뿐이니 혹시 다르게 생각하시는 분이 있다면 염려치 마시고 마음 내키는 대로 읽어주세요.) 이때, '나'가 마을의 외지인인 점을 생각해보면, '나'가 그들에게 줄 수 있는 선물은 대단히 한정적일 것 같은데, 그런 의미에서 '나'가 그들의 생을 온전히 목격하거나 기억하는 것에 실패하는 과정과 그 실패 자체야말로 '나'가 그들에게 건네는 최선의 선물이었을지도 모른다는 생각이 듭니다(물론 썩 좋은 선물인 것 같지는 않습니다).

홍성희 '나'는 향자 할머니가 떠난 후 할머니가 책에 그어놓은 밑줄이 흐려질까 손끝을 대지 않은 채로 흔적을 따라 손을 움직여요. 그 짧은 장면이 내내 마음에 남습니다. 할머니가 책의 문장을 밑줄 그으며 마음에 새겼듯 할머니의 문장을 자기 것으로 만들어보는 '나'의 시간이 이토록 가깝고도 아득하게 그려질 수 있다는 것이 참 좋았기 때문이기도 하지만, 소설 속 어떤 문장들에서 독자인 저도 '나'와 함께 할머니의 밑줄을 따라 손끝을 움직여보는 것만 같았기 때문이기도 한 듯해요. 이를테면 이서아 소설가의 문장 너머에 다른 겹의 문장이 깊게 새겨져 있어서, 아득하게만 이 소설이 밑줄 그어둔 문장을, 다시 그 문장 너머를 가늠해볼 수 있을 것 같은 기분이 들었습니다. 백과 반과 '나'가 서핑을 하면서 "찬서 아줌마랑 윤형 아저씨"에 관해 나누는 말들이나, 수목장으로 향하는 차 안에서 어려진 모습으로 백과 반이 주고받는 문장들은 어쩌면 손으로 멀리 따라 짚으며 오래 가늠해야 할, 밑줄 쳐진 책 속 문장이 아닐까 생각했는데요. 가깝고도 먼 채로 문장을 나누는 시간, 쓰고 읽고 밑줄을 긋고, 그 흔적을 곱씹으면서 내내 활자 너머를 매만지려는 마음을 지키고 이어지게 하는 힘은 어디에서 오는 것일까요? 혹은 그 힘을 사람은 어떻게 스스로 만들어내곤 하는 걸까요?

이서아 활자를 사랑하는 이들에게 쓰는 행위가 사는 행위와 부정할 수 없이 밀접하게 맞닿아 있다는 점을 고려해볼 때, '우리 생에 의미가 있을 거라는 믿음'과 '우리 생은 온전히 무의미하다는 믿음'이 (서로 상충되는 그 두 개의 믿음이) 우리를 쓰게 만들고 살게 만드는 힘을 탄생시키는 것 같습니다. 두 개의 믿음 중 전자, 즉 의미가 있으리라는 낙관은 천진한 열정이 될 것입니다. 두 개의 믿음 중 후자, 즉 이 모든 여정이 어쩌면 무의미할 뿐이라는 사실을 받아들이는 것은 그럼에도 불구하고 지속하는 미련한 관성이 될 것입니다. 또한 사사롭고 일상적인 절망에 무너지지 않는 담대함과 묵묵함이 될 것입니다. 개인적인 열정과 관성과 담대함과 묵묵함을 넘어서는 마음인, '함께 만들어가야 하는 이야기가 남아 있다는 믿음' 역시 읽고 쓰게 만드는 힘을 발생시키는 것 아닐까 합니다. 고독은 사람의 숙명이지만, 연결을 꿈꾸는 것도 사람의 숙명이니까요. (이때의 연결은 지속적인 것도 강제적인 것도 아닙니다. 제가 말하는 연결은 찰나에 이루어지며, 자유로운 환경에서만 가능하다는 성질을 갖고 있습니다.)

저는 활자를 통한 만남만이 사람과 사람을 진정으로 만나게 해준다고 믿지는 않는데요. 그런 의미에서 질문에 남겨주신 "흔적"이라는 표현에 마음이 많이 가기도 합니다. 이건 다른 말로 '자취'라고도 표현할 수 있을 것 같아요. 향자 할머니가 떠난 후 '나'가 책의 밑줄을 따라감으로써 흔적을 곱씹을 때, 그 힘은 어디에서 오는 것이며, 그 힘을 사람은 어떻게 스스로 만들어내는 것인지를 생각해보자면, 단순한 답이 가능할 것 같습니다. 그리움 때문이 아닐까요? 서정과 전위가 이분법적으로 갈라질 수 있는 것이 아니라는 믿음 속에서, 그것은 어쩌면 꽤나 심오한 정서가 아닐까 생각해봅니다. 그리움은 이미 지나간 것을 현재의 그 어떤 것보다 가장 강렬하게 감각하는 일로서 (아주 얄미운 방식으로) 시공간을 뒤섞어놓곤 하는 것 같습니다. 그런 의미에서 문득 궁금해집니다. 그리움은 생의 동력이 될 수 있을까요? 그리움을 동력으로 만들기 위해서, 사람들은 그리운 이를 언젠가 우연히 만나기를 기원하는 것 같습니다. 그렇다면 그런 식으로 기약된 미래 없이도 그리움은 힘이 될 수 있을까요? 언젠가 우연히 낯선 거리에서 혹은 하늘과 별과 천국에서 그리운 이를 만나기를 기원할 때, 사실은 그것이 불가능한 미래라는 생각을 지울 수 없을 때, 그리움은 힘이 될까요? 지금 드는 생각으로는, 그리움은 주로 힘과 동력을 앗아가는 것만 같습니다. 우리를 단지 상심하게 만들면서 말입니다. 그러나 어느 날은 그리움으로 인해 그어진 밑줄을 따라 책을 읽거나, 보드를 끌고 바다로 갈 수도 있겠습니다. 벼랑 끝에 내몰린 새가 드디어 하늘을 날듯이 그리움이라는 이

애달픈 정서가 어떻게든 우리를 행동하게 만드는 동력 장치가 될 수도 있겠습니다.

홍성희 소설의 문장 호흡과 문단 호흡이 잔물결 같다가, 크고 든든한 파도 같다가 하면서 소설 전체가 내내 "일렁이는" 느낌이 들었습니다. 문장 사이의 간격이 아득하다가 가깝다가 하여 더더욱 소설이 계속해서 움직이고 있다는 걸 느낄 수 있었어요. 때로 "이 정도면 맞고 가도 괜찮아요,라고 내가 말했음에도."와 같이 문장의 일부가 따로 떨어져 나와 마침표의 무게를 무겁게 하는 때, 그 중력의 차이에 유독 여운이 길게 남기도 했는데요. 이서아 소설가의 소설은 문장을, 더불어 기호와 이미지를 유연하게 운용하면서 소설마다, 소설 속 장면들마다, 더 작은 단위들마다 다양한 파동을 만들어내는 것 같습니다. 그렇게 지면 위의 언어로 입체적인 움직임을 만들 때, 가장 마음을 쓰는 것은 무엇인가요? 쓰는 마음에 대해 이야기 나누고 싶습니다.

이서아 솔직히 말씀드리자면 한 문장을 따로 떨어뜨려

놓은 것은 사실 어떤 깊은 생각에서 비롯된 것은 아니에요. 하지만 물론, 직관적인 차원에서, 어떤 문장은 자립적인 파도 하나가 되어야 마땅한 것같이 느껴지기는 합니다. 반면 어떤 문장들은 다른 물결과 어우러져 길고 풍성한 문단이 되는 게 나은 것 같습니다. 이때, 자립적인 파도 역시 결과적으로는 다른 문장 속에 섞여들게 되는 듯해요. 이를테면 소설 속에서 할머니의 말씀들이 하나하나 자립적인 파도가 된 후에 백이 '나'를 돌아보며 이렇게 말하는 것처럼 말입니다. "돌아가면 서핑 연습을 하자. 도대체 너는 언제쯤 파도를 멋들어지게 탈 수 있을까?"

이미지를 만드는 것 역시 직관적으로 하는 편이지만, 「방랑, 파도」의 이미지에 대해서는 나누고 싶은 이야기가 있습니다. 이미지는 백과 반, '나'가 서핑을 하는 광경을 하늘에서 바라보는 시선을 표현해보려고 한 것인데요. 이는 서퍼들의 모습을 하늘에서 바라볼 수 있다면 새 떼와 같겠다는 생각 때문에 넣은 것이었습니다. 물결치는 파도 위의 서핑은 나름대로 활기차고 역동적인 것이지만, 하늘에서 서퍼들을 내려다보면 한없이 고요하고 잔잔하기만 하겠지요. 저는 이 행위가 허무와 고요와 해방감을 동시에 보여준다고 생각했습니다. 하늘 아래 모두 덧없다는 허무 그리고 고요와 함께, 제멋대로 신을 흉내 냄으로써 생겨나는 반항적인 해방감이 그 행위에 동시에 모여든다고 할까요?

그러고 보면, 해당 이미지가 나온 직후에 세 문장이 독립적으로 쓰였네요. "이것은 신의 관점이다." "신의 관점에서 우리는 작은 새들처럼 보일 수도 있다." "그러나 신의 관점을 따라 하는 것, 그건 불경하고 쓸쓸한 짓이다." 이 역시 쓸 때는 무언가를 대단히 생각하고 계획해서 쓴 것은 아닙니다. 그러나 "신의 관점을 따라 하는 것"을 '신을 흉내 내는' 행위의 일종이라고 본다면, 어쩌면 저는 문학으로서만 가능한 일종의 장난과 놀이랄까 반항이란 것을 툭툭 해보는 것 같아요. 홍성희 평론가의 멋진 표현을 빌리자면, 이것이 "지면 위의 언어로 입체적인 움직임을 만"드는 과정이겠지요?

물론 그것은 절박한 기도이기도 합니다.

홍성희 소설에서 '나'는 계속 질문을 던져요. 누군가 답을 해주기도 하고 묵묵부답이어서 질문을 거듭 반복하게 되기도 하지만, '나'의 물음은 자꾸 달라지면서 물음 자체의 시간을 만들어가고 있는 것 같습니다. 사람의 마음에는 늘 크고 작은 물음표들이 자리하고 있을 텐데요. 마지막으로 지금 이서아 작가의 마음 안에서 파도를 타고 있는 물음은 어떤 것인지 나누어주실 수 있을까요? 집필 중인 소설이나 앞으로의 계획에 대해서도 더불어 말씀 부탁드립니다.

이서아 「방랑, 파도」의 다음 여정이 지금 저의 물음표입니다. 저는 현재 「방랑, 파도」를 연작으로 쓰고 있는데요. 두번째 소설은 최근에 이미 발표했고, 세번째 소설이 마지막 연작이 될 예정입니다.

「방랑, 파도」는 자신이 감히 다 이해할 수 없는 어른들과 노인들의 고통에 어찌할 바 모르는 '나'가 화자인 소설입니다. 이때 저를 속상하게 만드는 것은 '나'가 기본적으로 마을의 외지인인데다 '비교적 어린 사람'이라는 것입니다. '나'가 마을에서 만난, 자신에게 친절한 어른들에게 감사함과 애정을 느낌으로써 파생된 소설 전반의 온정적 시선은, 아이러니하게도 '나' 앞에서 마을 어른들이 날것 그대로의 자기 모습을 숨기게끔 하는 제동장치가 되었을 것입니다. 이를테면 향자는 '나'에게 옥색 반지를 선물로 혹은 유산으로 제공할 수는 있었겠지만 죄의식과 수치와 고통에 대해서 고백하지는 못했겠지요. 어린 것 앞에서 노인다운 노인의 모습을 보여야 한다는 슬픈 의무감에 시달리면서 말입니다.

마지막 연작은 향자 할머니, 아니, '향자'라는 인물에 중심을 둔 이야기입니다. 소설에 대한 이런저런 고민과 걱정이 많이 듦에도 집필하고 있는 이유는 이 글이 쓰여야만 하는 명확한 이유가 있다고 믿기 때문이에요. 그건 첫번째 소설과 두번째 소설에서 하지 못했던 이야기와 관련이 있을 것입니다. 소설을 발표하며 산다는 건 부족한 면모를 만천하에 드러내며 사는 것 같아 괴롭기도 하지만, 작업이 아니라면 제가 향자라는 인물과 이렇게 오래오래 함께할 기회가 있을까 싶기도 합니다.

만약에 제가 이 인터뷰에 언급한 내용과 전혀

다른 이야기를 세번째 연작으로 발표하게 된다면, '그동안 이서아 소설가가 엄청난 좌절을 겪었나 보다'라고 생각해주세요.

아무튼…… 엄청나게 노력해보겠습니다.

우리의 적들이 산을 오를 때

함윤이

2022년 『서울신문』 신춘문예를 통해 작품 활동을 시작했다.
제14회 젊은작가상, 제14회 문지문학상을 수상했다.

신입 이름이 뭐였지, 그 질문은 몇 겹의 파티션과 책상을 건너 노아에게 왔다. 노아는 일어서서 갈색이라고도 베이지색이라고도 할 수 없는 빛깔의 파티션 위로 얼굴을 내밀었다.

"이노아입니다."

과장이 졸린 개처럼 생긴 눈으로 그를 훑고서 말했다. "그래……" 뒤이어 박 주사와 함께 어디를 좀 다녀오라고 했다. 노아는 고개를 끄덕이고 사무실 가장 안쪽을 보았다. 칸막이 너머에 둥그스름하게 웅크린 녹색 등이 있었다. 이제껏 한 번도 말 붙여본 적 없는 등이었다.

"짐 챙겨요." 잠시 후 다가온 박녹원이 말했다. "거기서 퇴근합시다."

녹원의 차는 흰색 포터였다. 매끈한 방수포가 짐칸 전체를 꼼꼼하게 덮고 있었다. 조수석에는 겹겹의 옷가지와 손가방, 몇 해는 묵은 듯한 문서철이 쌓여 있었다. 녹원은 그것을 모조리 챙겨 뒷좌석으로 밀어 넣었다. 차에서는 흙과 송진 냄새가 났다.

두 사람이 트럭을 타고 떠나는 모습을 입구 옆 벤치에 앉은 노인들이 지켜보았다. 그들은 얇은 코트 혹은 우비만 걸친 채 매일 오후 벤치로 왔고, 날이 저물 때까지 앉아 있었다. 노인들이 무엇을 하러 오는지 노아는 잘 몰랐다. 시간을 때우러 오나 보다, 막연히 추측했을 뿐이

우리의 적들이 산을 오를 때

었다. 그것은 이 소도시에 사는 사람들이 가장 자주 하는 일이었다. 느리고 꾸준하게, 표정 없는 얼굴로 시간을 흘려보내는 일.

면사무소는 소도시의 서쪽 끝에 있었다. 정문을 나와 동쪽으로 방향을 틀면 회색 강을 가로지르는 다리가 나타났고, 강을 건너면 국도였다. 길 양옆으로 창백하게 노르스름한 논밭과 비닐하우스, 용도를 알 수 없는 조립식 건물 들이 드문드문 이어졌다. 노아는 내비게이션 화면을 흘끗 쳐다보았다. 천문대까지 차로 약 반 시간이 걸린다고 나와 있었다.

면사무소를 떠난 후로 트럭 안은 내내 고요했다. 녹원은 음악도 라디오도 틀지 않았다. 음악이나 라디오를 듣는 모습이 상상되지 않는 사람이기는 했다. 노아는 실수로라도 그를 곁눈질하지 않기 위해 차창 밖을 보았다.

"노아 씨."

화들짝 놀란 노아가 고개를 돌렸다. 녹원의 옆얼굴은 진흙으로 빚은 양 뭉툭했다. 꽤나 나이를 먹은 것 같다가도, 갓 성인이 된 얼굴처럼 보이기도 했다.

"천문대에 대해 들은 적 있어요?"

노아는 그렇다고 대답했다. 실은 여러 번 들었다고. 면사무소의 자잘한 민원 속에서도 천문대에 관한 이야기는 유달리 도드라졌다. 사람들은 천문대에 사는 이들에 관해 여러 말을 늘어놓았다. 너무 시끄럽다, 쥐 죽은 듯 고요하다, 무슨 생각인지 모르겠다, 어떤 작당을 하는지 빤히 보인다…… 그들의 말에 따르면 천문대에 머무는 이들은 산 곳곳을 청소하고, 숲과 들을 돌아다니며, 둘러앉아 노래를 부르고, 폐건물 외벽을 칠하거나 본래 있던 철조망을 허물고, 등산객과 마주치면 미소 짓다가도 대뜸 소리를 지른다고 했다. 여기서 나가세요. 사유 구역입니다. 그들의 목소리를 흉내 내는 민원인도 있었다. 잔뜩 내리깔거나 얼음이 갈라지듯 쩽하거나―어느 쪽이든 듣기 싫은 목소리였다.

허공에 매달린 신호등에서 노란색이 번뜩였다. 트럭이 천천히 멈춰 섰다. "앗." 노아가 외쳤다. 신호등이 매달린 기둥 뒤편에서 무언가를 발견한 탓이었다. 너른 밭 한가운데에서 적갈색 무리가 웅성이고 있었다. 노아가 큰 소리로 말했다.

"독수리예요."

"점심시간인가 보네요." 녹원이 조수석 창을 흘끗거렸다. "처음 보시나요?"

"저, 야생 독수리 자체를 처음 봐요."

노아가 차창을 살짝 내렸다. 희미한 우짖음과 분변 냄새가 섞여 들어왔다. 냄새는 또 다른 민원을 떠올리게

우리의 적들이 산을 오를 때 125

했다. 시내 외곽의 식품 공장과 그 주변을 맴도는 독수리들에 관한 민원이었다. 소도시의 사람이라면 누구나 새들의 냄새와 소리에 대해 할 말이 있는 것 같았다.

그 새들은 매 겨울 몽골에서 3천 킬로미터를 날아 이곳으로 왔다. 그들은 주기적으로 식품 공장을 찾았고, 이른 새벽 떨어지는 소와 돼지의 부산물을 받아먹었다. 주말이면 카메라를 든 몇몇 시민단체가 스타렉스나 트럭에 또 다른 동물의 사체를 이고 와 논밭에 뿌렸다. 공장 인근의 주민들은 독수리의 똥과 울음소리를 어떻게든 해달라 청해왔다. 반면 독수리들이 이곳을 떠나지 않게 해달라 부탁하는 이들도 있었다. 독수리 밥을 주러 오는 이들 혹은 탐조나 사진 촬영을 하러 오는 사람들이 내는 관광 수익이 쏠쏠하다고 했다.

"정말 크네요, 세상에."

노아가 중얼거렸다. 인터넷에 올라온 강원도 독수리에 관한 농담을 몇 차례 본 적 있었다. 농담의 레퍼토리는 주로 엇비슷했다. 길가에 털옷을 입은 어린아이 혹은 노인의 등이 보여 말을 걸었더니 날개를 펼치고 날아갔다는 것이었다. 실제로 보니 그 농담을 충분히 이해할 수 있었다. 새들은 매우 컸으며, 묘하게 사람다운 면이 있었다. 둥글게 구부린 어깨나 축 늘어뜨린 목 등이 특히 그랬다.

신호가 바뀌고 트럭이 다시 출발했다. 노아는 방금 본인이 낸 목소리, 흥분에 겨운 그 음성이 부끄러워졌다. 입을 다물고 차창 밖을 보려는데 녹원이 또다시 말을 걸었다.

"실례가 될 수 있는 질문인데, 그래도 해야 할 것 같아요."

트럭이 굽잇길을 따라 큰 곡선을 그렸다. 녹원은 아까보다 더 뜸을 들였다. 말이 물 위로 천천히 솟아올라 명확한 윤곽을 드러내기까지 기다리는 듯했다.

"노아 씨의 이름에는…… 종교적인 의미가 있나요?"

"아, 네. 어머니가 개신교세요."

녹원이 고개를 까닥거렸다. 다시 찾아온 적막 속에서 노아는 녹원의 다음 말이 무엇일지 가늠해보았다. 왼손으로는 오른 검지의 손톱을 서서히 뜯어냈다. 그의 이름을 옹호하는 쪽이든, 슬그머니 적대하는 쪽이든, 어느 것이라도 반갑지 않았다. 이름에 관한 질문은 늘 그를 초조하게 만들었다. 그 같은 불안은 노아가 예전부터 개명을 원한 이유 중 하나였다.

그러나 녹원이 꺼낸 말은 옹호와도 적대와도 가깝지 않았다. 그것은 노아가 전혀 예상치 못한 질문이었다.

"천문대에 가서 사람들을 만나면, 그러니까 혹시 이름을 댈 일이 생기면, 가명을 말해줄 수 있나요? 그래도 괜

우리의 적들이 산을 오를 때

찮겠어요?"

"네네, 문제는 없는데……"

"거기 사람들이 다른 종교에 예민할 수도 있어서요."

가드레일 너머로 천문대 방향을 가리키는 녹색 표지판이 보였다. 노아는 고개를 끄덕였다. 비로소 그간 민원인들의 목소리에 스며 있던 불안이 어디서 온 것인지 알 수 있었다.

트럭은 국도를 빠져나와 표지판이 놓인 곁길로 직진했다. 쉴 새 없이 구불거리던 길은 곧 산중 도로로 변했다. 오래도록 방치되었는지 곳곳에 포트홀이 눈에 띄었다.

10여 분 정도 비탈을 오르자 우거진 나뭇가지 사이로 원통형 건물이 드러났다. 희고 길쭉하여 얼핏 등대처럼 보였다. 주차장 팻말을 지나갈 무렵에는 은박지 빛깔의 돔 지붕과 원통 옆에 딸린 직사각형 건물까지 볼 수 있었다.

녹원이 차를 세웠다. 주차장에서 건물로 이어지는 석조 계단에 또 다른 녹색 표지판이 서 있었다. 한때는 천문대의 이름이 적혀 있었겠지만, 지금은 검은 페인트로 뒤덮인 채였다.

"노아 씨. 이번이 첫 외근이지요?"

"네, 맞습니다."

차에서 내리자마자 바람이 목덜미를 파고들었다. 산 아래보다 배로 찬 공기에 머리카락이 송두리째 곤두섰다. 천문대 뒤로 펼쳐진 산면에는 서슬 퍼런 백색이 군데군데 맺혀 있었다. 어머니의 목소리가 귓가에 맴돌았다. 강원도는 10월부터 눈이 왔지. 기억나? 그런 데서 평생을 살 수 있겠니? 너는 추위도 많이 타잖아. 녹원이 트럭 짐칸을 덮은 방수포를 한 차례 더 고정하며 말했다.

"오늘은 그냥 일 배우는 시간이라고 생각하세요. 제가 하는 걸 지켜보시면 돼요. 누가 말 걸어도 길게는 이야기하지 마시고요."

노아가 코를 훌쩍이며 감사 인사를 읊조렸다. 녹원이 뒷좌석에 둔 목도리를 건넸다. 몇 차례 거절하다가 받아들였다. 목도리에서도 흙과 송진 냄새가 났.

녹원이 먼저 계단을 올랐다. 노아가 바짝 뒤따라갔다. 건물이 가까워지면서 통유리창 앞에 선 몇 개의 인영(人影)이 보이기 시작했다. 일렬로 나란히 선 그림자들은 분명 그들을 응시하고 있었다. 이윽고 그중 하나가 움직였고, 정문이 열렸다. 검은 털옷을 입은 여자가 문간에 서 있었다. 까맣고 기름진 머리채는 거의 허리에 닿았다.

"박녹원 선생님."

목소리는 두 채의 건물과 계단 그리고 산을 꿰뚫듯 날아 그들 앞에 꽂혔다. 메아리가 사라질 즈음 다가온 여자가 녹원의 두 손을 덥석 잡았다. 면사무소에서는 물론이고 다른 어디서도 녹원을 그토록 스스럼없이 대하는 사람은 본 적 없었다. 여자는 녹원의 손을 아래위로 흔들며 말했다.

"얼마 만이에요. 반갑다. 오는 길이 얼진 않았어요? 요새 기온이 훅 내려갔거든요. 춥죠? 안에 들어오세요. 차라도 드릴게요."

말을 마친 여자가 빠르게 몸 돌려 노아를 마주했다. 노아가 한 발짝 물러선 거리만큼 다가와 물었다.

"이쪽은 처음 뵙네요. 신입이신가요? 이름이 어떻게 되세요?"

여자가 손을 내밀었다. 얼떨결에 악수가 이루어졌다. 노아는 더듬대지 않으려 애쓰며 말했다.

"반갑습니다. 지난달에 새로 들어왔어요. 정선화입니다."

그것은 어머니의 이름이었다. 어쩌다가 그 이름부터 떠올랐는지는 스스로도 알 수 없었으나, 적절한 대처 같긴 했다. 어머니의 이름은 구세대적이긴 해도 여전히 흔했다. 신분을 숨기기에도 좋았고 귀에 익은 만큼 입에도 잘 붙었다. 그러므로 여자의 뒤에 선 녹원과 눈이 마주쳤을 때 노아는 흠칫 놀라고 말았다. 부릅뜬 녹원의 눈에 들어선 감정이 무엇인지 이해할 수 없었다. 그와 악수하는 여자가 입을 벌리고 숨을 몰아쉬는 이유 역시 알 수 없었다. 다만 노아 자신이 무언가를 잘못 쓰러뜨렸음은, 혹은 엎질렀다는 사실 정도는 알 수 있었다. 목덜미가 다시 서늘해졌다.

"너무 신기하다." 마침내 여자가 말했다. "기막힌 우연이네요. 내 이름도 선화거든요."

선화는 그들을 양옆에 두고, 정확히 말하면 두 여자의 양팔에 자신의 팔을 끼워 넣고서 계단을 올랐다. 천문대의 유리문이 자동으로 열렸다. 실내의 훈기가 그들 사이를 파고들었다. 그 안에 세제와 락스 냄새가 섞여 있었다.

로비는 등받이 없는 벤치가 놓인 왼편과 한때 접수대였을 높직한 책상이 자리한 오른편으로 나뉘었다. 책상 뒤편에는 위층으로 향하는 흰 계단이 보였고, 벤치에는 여러 명이 앉아 있었다. 방금까지 통창 뒤에서 그들을 지켜보던 이들이었다. 부연 백발에 내려앉은 눈꺼풀을 가진 여자부터 막 고등학교를 졸업한 듯 보이는 남자애까지, 도무지 교집합이 없을 법한 예닐곱 명이었다.

전부 허리를 꼿꼿이 세운 데다 눈썹이나 입꼬리 또한 어디로도 치우치지 않은 듯 팽팽하여 마네킹 같은 인상을 주었다. 그들 옆으로 걸레가 차곡차곡 쌓인 붉은 대야와 벽에 기댄 대걸레, 통돌이 청소기 등이 놓여 있었다. 선화가 말했다.

"정신이 좀 없죠. 월요일이 대청소 날이어서요."

선화는 두 사람을 계단과 접수대 사이의 조그만 방으로 데려갔다. 본래 직원 휴게실로 쓰던 공간 같았다. 거의 텅 빈 벽장 한가운데에 커피 가루와 찻잎이 든 상자가 있었다. 선화는 싱크대 아래에서 커피포트를 꺼내고 물을 끓이는 내내 말을 멈추지 않았다.

"시내 간 김에 종류별로 사다놨어요. 다행이지 뭐예요. 카페인 있는 것과 없는 것 중 뭐가 좋으세요? 아무거나 괜찮으시면 제가 즐겨 마시는 것으로 드릴게요…… 이게 특히 향이 좋아요."

노아는 찻잔을 건네는 선화의 얼굴을 슬며시 살폈다. 녹원과 마찬가지로 쉬이 나이를 추측할 수 없는 얼굴이었다. 눈가나 입 주변에 내려앉은 주름은 퍽 깊었으나, 뺨과 입술은 십대처럼 발그스름했다. 시종일관 밝은 표정은 대학에 입학한 스무 살처럼 보이기도 했다.

차는 적당하게 따뜻했고 진한 풀냄새를 풍겼다. 노아는 찻잔을 기울이며 맞은편을 보았다. 벽장에 기댄 녹원이 차를 흘짝이고 있었다. 트럭에서는 가명을 쓰라거나 길게 이야기하지 말라는 등 바짝 경계할 법한 이야기를 늘어놓더니, 막상 천문대에 들어온 녹원은 몹시 편안해 보였다. 면사무소에서보다 더 자연스레 행동하는 것 같기도 했다.

선화가 그들을 다시 데리고 나갈 때까지 녹원은 별다른 말을 하지 않았다. 그러나 선화가 벤치에 있는 이들에게 무언가 이야기하는 순간 그는 노아 옆으로 다가와 섰고, 빠르게 속삭였다.

"너무 오래 눈 마주치지 마세요."

목적어와 주어 모두 분명치 않은 지시였다. 누구와 눈을 마주치지 말라는 건지, 어느 정도 바라보아야 오래 눈을 마주친 것인지, 무엇 하나 명확한 게 없었다. 되물을 틈 또한 없었다. 선화가 다시 그들 쪽으로 돌아선 탓이었다. 그는 벤치를 가리키며 머릿수건을 쓰거나 앞치마를 두른 여자와 남자, 노인과 아이, 누구랄 것 없이 허리를 반듯이 펴고 입술이 경직된 이들을 한 명씩 소개했다. 선화가 말하는 내내 노아는 바닥에 눈길을 고정한 채 고개만 주억거렸다.

"박녹원 선생님은 지난번에도 만나셨지요?"

벤치에 앉은 이들이 그렇다고 대답하자, 선화가 양손으로 노아를 가리켰다. 그가 함빡 웃었다.

"이분…… 이분은 정선화 선생님이세요. 저와 완전히 같은 이름이지요? 깜짝 놀랐어요."

로비의 모든 시선이 노아에게 쏠렸다. 온몸으로 느낄 수 있었다. 이번에는 녹원의 말을 의식적으로 따르려 할 필요도 없었다. 눈을 마주치기는커녕, 표정을 헝클어뜨리지 않는 데만도 갖은 노력을 들여야 했다.

녹원이 그의 옆으로 한 발짝 다가왔다. 면사무소에서는 낯설고 어색하던 몸이 이곳에서는 보호자처럼 느껴졌다. 그의 소매나 팔을 붙잡지 않으려 애써야 할 정도였다.

"선화 씨."

녹원이 말했다.

"저흰 오늘 민원 때문에 왔습니다. 면사무소에 관련 민원이 계속 들어와서요."

"네에, 말씀하세요."

선화의 목소리는 정말로 듣기 좋았다. 뒤따른 녹원의 음성이 안쓰러울 정도였다. 녹원은 갈라지고 새된 목소리로 민원을 전달했다. 서로 모순되는 내용들은 적당히 쳐내고, 말투는 점잖게 다듬은 전달이었다. 민원인들은 천문대의 무리가 지난 몇 주간 유난히 시끄럽게 굴었고, 불을 피우는 듯 탄내를 풍기거나 번쩍이는 빛을 하늘에 쐈으며, 이른 새벽 산나물을 캐러 온 주민들 앞에 낫 또는 제초기를 든 채로 나타나 마주한 이들의 마음을 덜컥 내려앉게 만들었다고 했다. 민원인 일부는 천문대에 머무는 이들의 목적이 대체 무엇인지 알려달라고 호소해 왔다……

말을 마친 녹원이 차를 한 모금 더 마셨다. 홀짝이는 소리가 로비 전체를 울렸다. 천문대의 사람들은 아무런 말도 표정의 변화도 없이 그들을 보고 있었다. 노아는 다시 바닥을 내려다보았다.

저들끼리 논의할 시간이 필요하다는 선화의 말에 따라 두 사람은 다시 휴게실로 물러났다. 벽 너머에서 소곤거리는 소리들이 들려왔다. 노아는 몇 번이나 녹원을 힐끔거렸다. 그가 이 상황에 관해 조금 더 명확한 말을 해주지 않을까 기대했으나, 녹원은 입을 열지 않았다. 그는 희미하게 김이 피어오르는 컵을 든 채 싱크대 뒤편의 작은 창만 보고 있었.

선화는 금방 돌아왔다. 위층에서 잠시 이야기하자고 했다. 녹원이 먼저 일어섰다. 노아는 그 뒤를 따라가며 방금까지 녹원이 보던 창밖을 내다보았다. 싱크대 바로 앞에 서자 숲 아래의 주차장까지 내려다보였다. 그 한가운데 파란 방수포를 덮어둔 녹원의 트럭이 서 있었다. 한 사람이 차를 향해 다가가는 중이었다.

우리의 적들이 산을 오를 때   135

그는 새하얀 스웨터에 야구 점퍼를 입고 있었다. 아까 로비에서 본 차림새였다. 여드름 흉터가 가득한 옆얼굴도 낯익었다. 트럭 앞에 선 소년이 침을 뱉었다. 오른손에 길쭉하고 구부러진 무엇인가 들려 있었다. 낫처럼 보였다.

"선화 선생님!"

노아가 화들짝 놀라 돌아섰다. 방금 제 이름과 똑같은 이름을 부른 선화가 웃는 얼굴로 서 있었다. "이쪽으로 오세요." 그가 로비 끝에 난 계단을 가리켰다. 다시 창밖을 보니 소년은 이미 사라져 있었다.

층계를 따라 이어지는 벽에는 푸르스름하게 바랜 사진들이 붙어 있었다. 주로 하늘을 찍은 사진이었다. 12월에 관측된 카펠라의 역동적인 빛, 희거나 푸르게 빛나는 플레이아데스성단, 달의 크레이터와 목성의 줄무늬…… 사진 아래 적힌 설명과 날짜는 모두 10여 년 전 것이었다. 지금 이곳에 사는 이들이 천문대와 그 부지를 사들인 것은 약 1년 전의 일이라고 들었다. 그 1년 사이 산의 분위기가 몹시 흉흉해졌다는 민원인의 말이 떠올랐다.

"우리 때문에 흉흉해졌다는 이야기는 좀 납득이 안 가요."

나선형으로 이어지는 계단을 오르며 선화가 말했다.

"녹원 선생님도 아시겠지만, 우리가 한 건 거의 자원 봉사 같은 일들뿐이잖아요. 기억나시죠? 요 주위 잡초를 솎아내거나, 산처럼 쌓인 쓰레기들 좀 치우고…… 옛날에 설치한 야생동물용 덫도 대신 없애주고, 뭐 그런 것들. 아시잖아요? 좋은 이웃이 할 만한 일이요. 그런 일 때문에 여기가 흉흉해졌다고 말하면 저희도 할 말이 없어요."

그가 계단 끝에 놓인 쇠문을 힘껏 밀었다. 경첩이 긁히는 소리와 함께 문 안쪽이 드러났다. 희고 깨끗한 빛이 그들 사이로 밀려들었다. 그 안으로 발을 디디며, 노아는 여태 자신이 한 번도 천문대에 와본 적 없다는 사실을 깨달았다. 그가 본 천문대는 사진이나 영상 속에 나온 이미지뿐이었다. 실제로 본 관측대 내부는 상상보다 좁았으며 기대보다 훨씬 밝았다. 돔 지붕과 맞닿은 길쭉한 유리창에서 쏟아진 빛이 홀과 세 사람 그리고 중앙에 놓인 큼직한 망원경을 비췄다. 햇빛에 흠뻑 잠긴 몸체가 하얗게 반들거렸다. 주위를 둘러싼 또 다른 망원경들은 은색 천으로 덮여 있어 인형극에 등장하는 유령처럼 보였다.

선화가 망원경 사이를 누비며 앞으로 나아갔다. 그는 따라오는 두 사람을 향해 이런저런 설명을 늘어놓았다. 정원의 수목들이라도 소개하는 듯한 태도였다. 이것은 반사굴절 망원경, 저기 있는 것은 굴절망원경, 저것으론 주로 목성을 보고 이것으로는 성단을 관찰하며…… 녹원이 그의 말을 잘랐다.

"아까 다른 분들과 이야기 나누셨다고 했는데, 결론은 어떻게 났나요?"

"아, 그러니까……"

선화가 멈춰 섰다. 중앙의 망원경 바로 앞이었다. 그가 녹원과 노아를 번갈아 보았다. 마지막 시선은 노아에게 오래 머무른 다음 허공으로 옮겨 갔다. 왜 그 사실이 아쉬운지, 노아 자신도 이해할 수 없었다.

"우리는 2주 뒤에 떠나요." 선화가 말했다. "2주 동안 저희도 더 조심할게요. 그렇지만 기도회나 대청소, 주변 순찰 같은 건 어쩔 수 없어요. 그런 걸 하려고 여기 온 거니까요. 혹 또 민원이 들어온다면 보름 내로 다 정리될 거라고 말해주세요."

"왜 2주 뒤죠?"

녹원이 묻자 선화가 웃었다. 웃음소리조차 간드러졌다.

"원래 그때까지 머물려고 했어요. 저희도 먹고살아야죠. 어떻게 여기에만 계속 있겠어요?"

녹원이 고개를 끄덕였다. 그 이상의 문답은 없었다. 녹원은 먼저 관측대를 빠져나갔다. 노아가 황급히 뒤를 따랐다. 제법 빠르게 걸었음에도 선화는 금세 그를 따라잡았다. 빙판 위를 미끄러지듯 날랜 움직임이었다. 노아의 팔을 붙든 선화가 말했다.

"선화 선생님."

"네."

"제 이름으로 계속 남을 부르려니 기분이 이상해요."

선화가 또다시 웃었다. 노아는 대답하지 않았다. 선화의 양손이 노아의 팔을 위아래로 쓰다듬었다. 부드러운 말씨나 걸음걸이와 달리 손아귀 힘은 퍽 억셌다. 선화가 바싹 붙은 얼굴로 속닥거렸다.

"선화 선생님, 2주 뒤에 저희는 떠나요. 12일 다음 날이요. 그러니까 12일 밤에 한번 오세요. 큰 행사를 열 계획이거든요. 즐거울 테고, 아주 아름다울 거예요. 어디서도 보기 힘든 행사예요. 그러니 꼭 와주세요. 네?"

바깥으로 향하는 문은 활짝 열려 있었다. 녹원이 도어 스토퍼로 고정해둔 것이었다. 말을 마친 선화가 팔을 놓아주었고, 노아는 잽싸게 문을 나섰다. 계단 아래에서 그들을 올려다보는 녹원이 보였다. "오면 제가 잘 대접할게요." 뒤따라 나온 선화가 한 차례 더 속삭이고서 계단을 내려갔다. 노아는 그 자리에 서 있었다. 산속 주차장에 처음 섰을 때처럼 몸이 떨렸다.

주차장으로 돌아갔을 때 하늘은 이미 어둑했다. 불그스름한 구름 떼가 숲의 정수리를 뒤덮었다. 그 아래 트럭이 서 있었다. 앞바퀴와 뒷바퀴가 하나씩 찢긴 채였다. 칼로 여러 번 벤 듯 너덜너덜한 모양이 눈에 띄었다. 선화가 다가가 타이어를 살폈다. 긴 머리를 높이 틀어 묶은 뒤 타이어 앞에 앉아 칼자국들을 손끝으로 매만졌다. 곧 그가 녹원에게 몸을 돌렸다.

"선생님, 큰일이네요. 이게 무슨 일일까요. 짐승 짓인지, 아니면 미친 사람 짓인지……"

노아가 한 발짝 앞으로 나섰다. 아까 휴게실 창 너머로 본 소년에 관해 말할 생각이었다. 그의 흰 스웨터와 둥그스름한 뒤통수, 손에 쥔 낫까지 똑똑히 보았다고. 그러나 녹원의 손이 그의 앞을 가로막았다. 멈춰 선 노아가 머뭇대는 사이 녹원은 트럭 짐칸으로 향했다. 팽팽하게 펼쳐진 방수포를 빼내어 둘둘 말기 시작했다. 곧 짐칸 한쪽에 쌓인 스페어타이어가 드러났다.

녹원이 타이어를 교체하는 동안, 주차장은 이상하리만치 고요했다. 바람에 가지가 맞부딪히거나 새가 우는 소리조차 들리지 않았다. 어느새 로비에서 본 이들 모두가 주위에 서 있었다. 트럭을 반원형으로 둘러싼 모양이었다. 노아는 금세 흰 스웨터를 입은 소년을 찾아냈다. 그는 주머니에 양손을 꽂은 채 타이어를 가는 녹원을 지켜보고 있었다. 아무런 표정 없는 얼굴이었다.

반면 선화는 웃음을 꾹 참는 듯 보였다. 그는 차 옆에 쭈그려 앉아 녹원이 타이어를 갈아 끼우는 과정을 지켜보았다. 검은 털 코트가 반쯤 언 땅에 끌려도 개의치 않았다. 마침내 녹원이 일어서자, 선화는 그를 끌어안을 양 바투 다가가 섰다.

"녹원 선생님."

"네."

"여길 떠나면 종종 생각날 것 같아요. 보고 싶을 거예요."

녹원이 선화를 내려다보았다. 몇 번의 호흡이 지나간 후 그가 말했다.

"저도요."

그들이 트럭을 타고 주차장을 떠나는 동안 선화는 줄곧 손을 흔들어주었다. 그 뒤에 선 사람들 역시 자리를 지켰다. 새 떼처럼 무리를 이룬 채, 그들을 기억에 깊이 새기려는 듯 결코 눈길을 거두지 않았다.

2주는 순식간에 지났다. 그사이 노아는 갖가지 민원과 서류 그리고 몇 개의 질문과 맞닥뜨렸다. 주로 박녹원과 다녀온 출장에 관한 물음이었다.

발령받은 지 몇 해가 지났음에도, 녹원과 일상적으로

대화하는 직원은 거의 없었다. 업무와 관련된 대화조차 대개 짧게 끝났다. 함께 출장을 다녀온 이튿날, 녹원과 노아가 나란히 앉아 밥을 먹는 모습을 본 몇 사람은 대놓고 기함했으며 이후에 슬며시 다가와 물었다. 박녹원 주사 어때? 같이 일하기 불편하지 않았어?

노아는 늘 비슷하게 답했다. 아니요. 친절하셨어요. 일도 잘 가르쳐주시고요.

거짓말은 아니었다. 천문대에 있는 내내 녹원은 미온적으로나마 노아의 보호자가 되어줬고, 노아는 소맷자락을 붙든 기분으로 그를 따라다녔다. 다만 산에서 내려올 때 녹원이 건넨 말에는 분명 석연찮은 구석이 있었다. 노아는 그 대화에 관해서만은 누구에게도 말하지 않았다.

그날 녹원은 물었다.

갈 거예요?

네?

아까 선화 씨가 얘기한 것 들었어요. 12일에 오라면서요.

주사님. 청력이 좋으시네요.

녹원은 웃음기 하나 없는 얼굴로 운전대를 틀었다. 산길이 끝나고 빛과 소음이 어룽진 도로가 나타날 즈음, 한마디 더 덧붙였다. 가고 싶으면 도와줄게요. 노아는 그를 물끄러미 쳐다보았다. 녹원이 말했다.

나는 천문대 사람들과 아무 관련 없어요. 그랬다면 내 타이어를 망가뜨리지 않았겠죠. 그냥 의견을 묻는 거예요. 가고 싶어요?

그는 노아를 집 앞까지 태워다주었다. 노아의 집은 면사무소에서 도보 15분 거리에 있는 신축 빌라였다. 원룸과 투룸으로만 이뤄진 건물로 아직 절반가량 텅 비어 있었다. 이삿짐 트럭을 타고 함께 빌라까지 온 날, 어머니는 도배용 풀 냄새가 나는 방을 둘러보며 말했다. 정말 여기서 살 거니? 노아는 그날도 오랫동안 입을 다물고 있었다. 그러나 이사 날에도 녹원과 나란히 앉은 그 순간에도, 대답은 분명히 노아에게 있었다. 귀와 눈 안 그리고 혀끝에 매달려 있었다.

네, 저는 가고 싶어요. 주사님. 궁금해요.

차에서 내리기 직전 노아는 말했다. 녹원이 그의 얼굴을 빤히 보았다. 아주 잠시, 눈치채기 어려울 만큼의 찰나였으나 미소 지은 듯도 했다.

그래요, 그럼. 곧 연락할게요. 주말 잘 보내요.

그러나 주말이 끝날 때까지 연락은 오지 않았다. 그 다음 주도 마찬가지였다. 같이 점심을 먹으며 그날 일에 관한 말을 꺼내려다 관두길 두어 차례쯤 했을 때, 녹원이 연락처를 하나 건넸다. 근방 파출소에서 일하는 경장의 번호였다. 이분은 누구세요? 노아가 묻자 녹원은 이렇게만 말했다.

모레 만나요. 나도 같이 갈 거예요.

대관절 어디에 같이 간다는 것이며 경찰의 번호는 왜 필요한지, 이번에도 녹원은 무엇 하나 제대로 말해주지 않았다. 저녁에 집 앞으로 데리러 갈 테니 옷을 단단히 챙겨 입으라는 말만 덧붙일 뿐이었다. 노아도 더 묻지 않았다. 아무렇게나 휩쓸리는 쪽이 더 나을지도 모르겠다는 생각이 들었다.

일요일 저녁, 노아는 창밖의 경광등 불빛에 잠을 깼다. 직전까지는 꿈을 꾸고 있었다. 새들이 나오는 꿈이었다. 천문대와 국도, 면사무소와 빌라가 한데 뒤섞여 눈앞에 펼쳐졌다. 새들은 뒤엉킨 도심 위를 날아갔다. 겨울 이불을 터는 듯 요란한 날갯짓 소리가 땅까지 선명하게 들렸다. 소리는 점차 귓전을 때릴 듯 가까워졌다.

붉고 푸른 불빛의 향연에 눈을 떴을 때는 사위가 고요했다. 휴대폰을 보니 부재중 전화 세 통이 찍혀 있었다. 녹원으로부터 온 것이었다. 부랴부랴 점퍼와 목도리를 챙겨 계단을 내려갔다. 녹원은 공용 현관 앞에 서 있었다. 그 뒤로 순찰차가 보였다.

"잤어요?"

"죄송해요. 언제 오시는지 몰라서……"

"뒤에 타세요."

뒷좌석에는 한 남자가 앉아 있었다. 노아와 비슷한 나이로 보였으며 두툼한 연회색 점퍼 차림이었다. 점퍼 어깨에 새겨진 완장이 도드라졌다. 노란 참수리와 저울, 무궁화가 첩첩이 쌓인 모양이었다.

남자가 손을 내밀며 말했다.

"조남욱 경장입니다."

운전석에 앉은 경찰관은 좀더 연배가 지긋한 남자였다. 녹원이 조수석에 올라탔다. 노아가 남욱과 악수하는 사이 차가 출발했다.

순찰차가 천문대로 향하는 동안 남욱은 그들이 앞으로 무엇을 할지 정리해주었다. 실상 노아와 녹원이 할 일은 거의 없었다. 여러 번 천문대에 가본 녹원이 그곳 구조나 지리를 안내해줄 예정이었고, 참고인 조사가 필요하면 그들에게 몇 차례 협조를 요청할 수 있다고 했다. 노아가 물었다.

"무슨 참고인이요?"

"박녹원 주사님 말씀으로는…… 그 사람들이 오늘 연다는 행사가 불법일 가능성이 커 보여서요."

노아가 앞을 보았다. 조수석 등받이 위로 툭 튀어나온 뒤통수가 고요했다. 차창 너머는 지난번보다 한층 어둡고 적막했다. 지난 2주간 간간이 내린 눈이 나뭇가지와 뿌리 위에 거미줄처럼 쌓여 있었다. 순찰차는 산중 도로를 덜커덩거리며 나아갔다. 천문대를 지나친 후에도 긴 오르막을 따라 올랐고, 도로가 평평해지는 구간에 멈춰 섰다. 산면에 맞닿은 갓길이었다. "노아 씨." 녹원이 뒤돌며 말했다.

"저는 경사님이랑 먼저 천문대 주변 상황을 좀 보려고요. 노아 씨는 경장님이랑 같이 오시면 됩니다."

녹원과 운전석의 경찰관이 먼저 차에서 내렸다. 그들은 불 꺼진 순찰차를 뒤로한 채 방금 지나온 도로를 거슬러 내려갔다. 노아는 멍하니 그들의 등을 바라보았다. 여전히 꿈속에 있는 느낌이었다. 옆자리에서 남욱이 물었다.

"저희도 갈까요?"

차에서 내린 남욱이 손전등을 켜 앞을 비췄다. 녹원 일행이 걸어간 쪽과 반대 방향이었다. 한밤중의 산은 보름 전보다 훨씬 더 추웠다. 손전등 빛조차 얼어붙을 듯했다. 그들은 웅크린 몸으로 산을 올랐.

차에서 내린 남욱은 내내 입을 다물고 있었다. 상황 설명을 끝내니 별달리 할 말이 없는 듯했다. 노아 역시 무엇도 묻지 않았다. 질문할 것이야 차고 넘쳤지만, 입 밖으로 꺼낼 자신은 없었다. 그러다 도리어 질문을 받게 될까 두려웠다. 어째서 이 한밤중에 산을 오르느냐 같은 질문. 이유는 기실 한 가지밖에 없었다. 그것은 보름 전 자신의 팔을 쥐고 눈을 빛내던, 그의 어머니와 똑같은 이름의 여자가 건넨 한마디였다.

즐거울 테고, 아주 아름다울 거예요.

얼어붙은 도로를 오르는 발가락이 끊어질 듯 아렸다. 바람과 맞닥뜨린 뺨과 이마가 차츰 둔해졌다. 그럼에도 그 말을 곱씹는 일을 멈출 수 없었다. 그 말에는 어머니의 이야기를 연상시키는 구석이 있었다. 어머니는 노아가 이름을 바꾸고 싶다고 말할 때마다 불현듯 부드러운 미소를 띠며 노아의 양손을 쓰다듬었다. 그러면서 몇 번이나 한 이야기를 다시 꺼냈다. 네 이름은 더 낫고 아름다운 세상으로 모두를 인도하는 이름인걸. 그 새로운 세상에선 모두가 배부르고, 즐겁고, 따뜻할 테고……

"다 왔습니다."

갑자기 멈춘 발이 순식간에 미끄러졌다. 남욱이 손을 뻗었다. 노아는 손을 붙든 채로 고꾸라졌다. 언 땅에 무릎을 부딪힌 통증보다 먼저 온 것은 수치심이었다. 노아를 일으켜 세운 남욱이 얼굴을 찡그렸다. 가로등 하나 없는 도로였으나, 달빛이 환해 표정이 그대로 보였다.

"힘든데 억지로 오신 건 아니지요? 주사님이 시키셨다거나……"

"아니에요. 전혀 아니에요."

노아가 무르팍과 손바닥에 달라붙은 서리를 털어냈다. 몸을 일으키자 가드레일 뒤로 완만하게 이어진 산비탈과 그 끝자락에 놓인 천문대가 훤히 내려다보였다. 그제야 지금 있는 자리가 어디인지 알 수 있었다. 그들은 천문대보다 조금 더 높은 해발 고도의 도로변에 서 있었다. 노아가 코를 닦으며 말했다.

"저도 오고 싶어서 온 거예요. 확인을 좀 하고 싶어서요. 무슨 일이 벌어지는지……"

그는 말을 멈추고 가드레일에 몸을 붙였다. 지난번 갔던 관측대의 돔이 열려 있었다. 절반이 훌쩍 넘게 열린 지붕 아래에 한데 모인 사람들이 보였다. 자세히 보이지는 않았으나, 돔 안에서 한창 움직임이 벌어지고 있음은 확실했다. 남욱이 말했다.

"저기 있네요."

"네."

"직접 만나셨다면서요. 어떤 사람들이었어요?"

"어떤 사람들이라뇨?"

"저는 한 번도 못 만났거든요. 소문만 들었지."

반쯤 드러난 관측대에서 웅성대는 몸짓이 이어졌다. 저 안에 긴 털옷을 입은 선화와 머릿수건을 썼던 로비의 사람들 그리고 낫을 든 채 트럭으로 슬금슬금 다가가던

소년이 있을 터였다. 그들이 어떠했던가? 면사무소 사람들도 그 질문을 했다. 녹원이 어땠느냐 물을 때와 비슷한 투로 천문대 인간들은 어때, 하고 물어왔다. 그때마다 노아는 웃음으로 얼버무렸고, 홀로 남은 뒤에 생각했다.

그들은…… 흥미로웠다.

그들은 확신에 차 보였다.

그런 확신은 쉬이 보기 힘든 것이었다. 밤마다 기도하던 어머니도 그러한 굳건함은 보여준 적 없었다. 지난 2주 내내 노아는 그들의 견고한 태도가 어디서 비롯되었는지 골똘히 생각했다.

"그냥…… 열심히 사는 사람들 같았어요."

남욱이 싱겁다는 듯 웃었다. 노아가 마주 웃으려는 순간, 천문대에서 무엇인가 벌어졌다. 그들은 동시에 고개를 돌렸다. 노랗고 밝은 빛이 먼저 눈에 띄었다. 빛은 점차 몸피를 불려 그들이 선 도로변까지 번졌다. 남욱이 망원경을 꺼내 들었다. 노아는 가드레일 바깥으로 몸을 기울였다. 돔 안쪽에서 이글거리는 불꽃이 보였다. 관측대 안에서 피어오른 불꽃은 날름거리며 자라나더니, 곧 빠르게 부풀기 시작했다.

남욱이 무전을 주고받는 사이 노아는 휴대폰을 들고

도로 곳곳을 돌아다녔다. 마침내 주파수가 잡히자 녹원의 문자가 날아들었다. 움직이지 말고 그 자리에서 기다리라는 내용이었다. 전화를 걸었으나 아무 응답도 없었다. 노아는 손끝에 입김을 불어 넣은 뒤 문자를 두드렸다.

무슨 일이 일어나는 건가요?

답장은 오지 않았다. 대신에 대답이 왔다.

첫번째 대답은 천문대에서 산 쪽으로 부는 바람에 실려 있었다. 냄새였다. 비린내와 탄내, 종래에는 노릇노릇하게 구운 고기의 먹음직스러운 향까지 섞였다. 냄새는 점차 짙고 풍성해졌다. 불꽃의 형체 또한 뚜렷해지고 있었다. 쥐색 연기가 불꽃을 타고 날아오르고, 노랗거나 파란 불똥이 돔 바깥으로 점점이 튀었다. 이윽고 두번째 대답이 노아의 이마에 떨어졌다.

노아가 고개를 들었다. 방금 이마를 스친 것이 하나 더 떨어졌다. 뺨에 부딪힌 것을 얼른 붙잡아 살폈다. 깃털이었다. 길쭉하고 끄트머리가 뾰족했다. 휴대폰 플래시를 켜자 짙은 고동색이 드러났다. 노아는 깃털을 눈앞까지 들어 올렸다.

새들은 그들의 머리 위에 있었다. 북극성을 등진 채 비행 중이었다. 활짝 편 날개는 성단을 단번에 가릴 만큼 길고 큼직했다. 노아는 목을 힘껏 젖히고 새들의 움직임을 좇았다. 그 날개들을 처음 본 순간이 떠올랐다. 추수가 끝난 밭 위에 검은 옷을 입은 수도승 무리처럼 앉아 있던 모양, 노인이나 아이로 착각하기 쉽다던 구부정한 뒷모습, 짙고 부숭부숭한 몸. 그들은 한결 기운찬 모습으로 천문대에 날아들었고, 관측대 주위를 빙글빙글 돌기 시작했다. 커다란 날개들 사이로 불꽃과 연기, 냄새가 피어올랐다.

독수리의 울음소리는 예상보다 높고 또 쨍했다. 돔 안쪽에서 울리는 노래는 그보다 낮은음이었지만 노아가 선 도로에까지 와 닿았다. 처음에는 웅얼거리는 소리로만 들렸으나 곧 가사가 또렷이 전해졌다.

우리의 적들이 산을 오를 때,
우리의 적들이 산을 오를 때……

노아가 다시 휴대폰을 꺼냈다. 카메라를 켜고 확대하자 돔 안의 사람들이 보였다. 춤추고 있었다. 엎드린 채 양손을 들어 올린 사람들도 보였다. 불 속에 고깃덩어리를 더 깊숙이 밀어 넣는 이도 있었다. 화면을 확대할수록 모든 것이 몹시 빠르게 움직였다. 불빛의 갖가지 색깔과 춤추는 몸, 고깃덩어리가 얽히고설켰다. 드디어 화면 속에 검은 털옷을 입은 여자가 들어선 순간, 노아는 손에 힘을 꽉 주었다.

화면 속 선화가 불 앞에 서서 하늘을 올려다보았다. 사방으로 튀는 불티 속에서도 아무런 미동이 없었다. 그는 천문대로, 불꽃 안으로, 화염 속 고깃덩이와 그 곁의 사람들 위로 날아드는 새들에게만 온 심혈을 기울이고 있었다.

휴대폰 카메라는 선화의 표정까지 잡아내지 못했다. 화면에 담기는 것은 옆모습의 윤곽뿐이었다. 몇 번의 망설임 끝에 녹화 버튼을 누르려는 순간, 옆모습이 서서히 돌아섰다. 검은 얼굴이 도로 쪽을 향했다. 저화질의 지글거리는 얼굴은 분명히 노아를 보고 있었다. 노랫소리는 계속하여 같은 구절을 되풀이했다.

우리의 적들이 산을 오를 때……

노아는 도로변에 쭈그려 앉았다. 양손에 가둔 카메라 화면 속, 새까맣게 들끓는 얼굴을 들여다보았다. 두개골 안쪽에서 부글대는 소리가 들렸다. 무언가 끓고, 그리하여 변형될 때 들리는 소리였다.

"우리도 이동하죠."

어깨를 짚은 손길에 노아는 소스라치며 돌아섰다. 남욱도 놀랐는지 손을 떼고 몇 발짝 물러섰다. "어디로요?" 노아가 헐떡이며 물었고 남욱은 미간을 찌푸렸다. 방화가 확인됐으니 이제 체포와 진화를 시작할 것이라고 했다. 연락을 받은 산불 지원 차량이 오고 있었고, 소방대도 출동 중이었다.

그들은 천문대를 뒤로하고 걷기 시작했다. 남욱이 앞장서서 도로를 내려갔다. 그는 몇 번이나 뒤를 돌아보았다. 한번은 대놓고 노아와 눈을 맞췄다. 할 말이 있지 않느냐 질문하는 눈길이었다. 노아는 말없이 걸었다. 아직도 귓속에서 끓는 소리가 났다. 관측대 안에서 피워 올린 불이 몸속에 있는 무엇을 지핀 것 같았다.

주차장에 다다랐을 때는 이미 사이렌 소리와 경광등 불빛이 사방에 가득했다. 오렌지색 소방차와 산불 지원 차량이 관측대 앞에 서 있었다. 노아 또한 면사무소에서 산불과 관련된 비상 교육을 받은 적 있었다. 그때 배운 절차대로라면, 곧 등짐을 멘 지구대원들이 소방관들과 함께 물을 뿌릴 터였다.

"다른 순찰차 주차장에 세워놨대요. 잠깐 차 안에 계실래요?"

남욱이 말했다. 노아가 고개를 끄덕였다. 남욱은 그를 몇 초간 응시한 뒤 소방차 쪽으로 달려갔다. 노아는 그와 반대로, 주차장을 향해 걸었다. 산그늘에 접어들 무렵 뒤돌아 남욱이 사라진 것을 확인했고, 곧장 방향을 바꿨다. 천문대 쪽이었다. 그는 빠르게 걸었다. 누군가 자신을 부르는 소리를 들은 것 같았으나 멈추지 않았다.

그는 먼저 천문대 로비로 들어섰다. 천장 곳곳의 스프링클러가 홀 바닥에 물을 쏟아붓고 있었다. 화재 감지기만은 정상적으로 돌아가는 모양이었다. 노아는 물방울에 닿지 않도록 조심스레 로비를 가로질렀다. 계단 쪽 스프링클러도 작동한 상태였으나 효과가 한층 미미했는지, 계단 중턱부터 희뿌연 연기가 들어차 있었다. 노아는 옷소매로 코와 입을 가린 채 계단을 올랐다. 연기 속에 들어서자 시야가 온통 흐려져 몇 차례 발을 헛디뎠다.

층계에서 세번째로 미끄러졌을 때, 누군가 그를 잡았다. 긴 머리에 검은 털옷을 입은 여자였다. 선화는 별다른 말은 하지 않았다. 노아를 붙들고 느릿느릿 계단을 내려갈 뿐이었다. 머리 위에서 사이렌과 새소리, 노랫소리가 뒤섞여 울렸다. 노아는 큰 목소리로 말했다.

"제가 당신한테 거짓말한 게 있어요."

선화는 아무 말도 하지 않았다. 노아는 계속 이야기했다. 자신이 가명을 댔다는 말부터 그것이 사실 어머니의 이름이었다는 사실, 그리고 본명이 무엇인지까지 모두 털어놓았다.

선화는 여전히 묵묵부답이었다. 그는 노아의 손을 잡고 계속 걸었다. 여러 갈래의 물이 쏟아지는 로비 가장자리를 지나 후문으로 나갔다. 겨울밤의 차가운 공기가 그들을 맞아들였다. 그제야 선화가 손을 놓았다. 그는 몸을 굽히더니 노아의 얼굴을 이모저모 살폈다. 오래전 헤어진 이의 얼굴을 알아보려는 양 정성스러운 시선이었다. 그가 말했다.

"우리는 천문대에 이름을 새로 붙였어요."

곧이어 선화는 그 이름을 말해주었다. 몹시 오래되고 유명한 배의 이름이었다. 어머니가 어린 시절 해준 이야기에 나오는 잣나무 배의 이름이기도 했다. 방주는 거센 풍랑에도 뒤집히거나 좌초되지 않고 꿋꿋이 나아가 새로운 세상과 맞닥뜨렸다. 그 세상은 이전의 세상보다 한층 깨끗했고, 한결 아름다웠다. 선화가 허리를 펴고 관측대를 가리켰다.

"저것 좀 봐요."

소방차와 지원 차량의 호스가 뿜은 물보라가 돔 속으로 하얗게 쏟아지고 있었다. 독수리들은 돔의 안팎을 오가며 날개를 푸드덕거렸다. 요란하게 우짖는 소리가 물과 사이렌 소리에 뒤섞였다. 선화가 말한 대로 확실히 어디서도 보기 힘든 광경이었다. 물보라와 돔 사이를 오가는 독수리 떼는 얼핏 그 사이에 갇힌 듯싶다가도, 어느 순간에는 그 모든 것을 지휘하는 듯 보였다.

"난 저기서 계속 적을 기다렸어요."

선화는 말했다. 때로는 그것이 어떤 가르침보다 중요하게 느껴졌다고도 했다. 모든 책에서 구원은 적의 공습 뒤에 찾아왔다. 적들이 온다는 것은 긴긴 괴로움으로 뭉쳐진 기다림, 그 자체로 하나의 세계가 되어버린 기다림이 끝난다는 의미이기도 했다. 그러므로 선화는 매일 찾아오는 이들을 유심히 살폈다. 산을 타고 올라와 그들의 이 고된 기다림을 끝내줄 사람을 기다렸다.

"그래서 나는 우리가 만난 게 대단한 운명 같아요. 그렇지 않아요?"

노아는 입을 벌리고 그를 바라보았다. "글쎄요……" 한참 후에 노아가 말했다. "저는…… 저는 잘 모르겠어요. 당신이 딱히 적처럼 느껴지지 않아요." 선화가 몇 발짝 뒤로 물러섰다. 그는 흠, 소리를 냈고, 속이 상한 듯 입을 내밀었다. 선화가 물었다.

"그렇다면 당신은 무엇 때문에 이곳에 왔나요?"

노아는 그의 뒤편에서 몰아치는 새 떼와 돔 바깥으로 피어오르는 연기, 그 너머에 무수히 흩뿌려진 별을 보았다. 과연 강원도의 겨울 하늘은 높직하고 별이 많았다. 문득 불에 탄 관측대의 망원경으로 어떤 별을 볼 수 있는지 궁금해졌다. 노아가 질문하자 선화는 다시금 얼굴을 찌푸렸다. 그럼에도 대답은 해주었다. 그것은 주문 제작한 망원경으로, 겨울에는 종종 토성을 보는 데 쓴다고 했다. 한쪽 눈을 가까이 들이대면 숲 가까이에서 조용하게 반짝이는 별의 고리까지 볼 수 있다고.

불이 진압된 후 체포는 신속히 그리고 매끄럽게 이어졌다. 천문대의 사람들은 별다른 저항 없이 순찰차에 탔다. 독수리들은 이미 어디론가 사라진 후였다.

남욱이 노아를 집 앞까지 데려다주었다. 산에서 내려가는 내내 그는 무언가 물으려는 듯 노아를 힐끔거렸으나 끝내 어떤 질문도 하지 않았다. 대신 자신의 이야기를 짧게 꺼냈다. 처음 발령받은 근무지에서 겪은 일들에 관한 이야기였다. 거기서 기상천외한 사람들을 연달아 맞닥뜨렸다고 했다. 학생들이 단합하여 폐가를 불태우거나, 오래도록 의좋게 지낸 이웃이 서로의 물건을 주고받듯 끊임없이 훔치는 꼴도 보았다. 어느 여름에는 도시에서 찾아온 이들이 내내 벌거벗고 해변을 돌아다녀, 그들의 알몸과 대치하고 옷을 입으라 설득도 했다.

"저는 이제 그런 사람들을 이해하려고 하지 않아요."

남욱이 속도를 서서히 줄이며 말했다. 차창 너머로 줄지어 선 빌라들이 보였다. 노아는 안전띠를 풀다 멈추고서 그와 눈을 맞췄다. "그럼요?" 남욱이 어깨를 으쓱였다.

"그냥 받아들이는 거죠. 세상에 이런 사람들이 있다고요."

남욱이 차를 몰고 떠난 후에도 노아는 한동안 집 앞에 서 있었다. 공동 현관의 비상등이 켜졌다 꺼지길 반복했다. 문득 담배를 피우고 싶다는 생각이 들었다. 그러나 그에게는 담배도 라이터도 없었으며, 실은 여태 담배를 피워본 적도 없었다. 대신 노아는 휴대폰을 꺼냈다. 녹원에게서 문자가 와 있었다.

집에 잘 도착했나요?

노아는 휴대폰을 도로 주머니에 넣었다. 그는 순찰차에 올라타던 선화를 생각했다. 그는 차 문을 닫기 직전까지 노아와 눈을 맞추고 있었다. 입 모양으로 같은 질문을 거듭했다. 네가 맞지 않느냐고, 네가 그 사람이 아니냐고. 선화는 누차 물었지만, 노아는 답하지 못했다. 그 사실이 미안하게 느껴졌다.

주머니에서 진동이 느껴졌다. 박녹원이었다. 노아는 몇 번의 신호음이 울린 뒤에야 전화를 받았다. 대체 왜 자신을 천문대에 데려갔느냐 물을 심산이었다. 그러나 전화를 받자 전연 다른 말이 튀어나왔다.

"그 사람들이 저보고 적이라고 그랬어요."

한동안 낮은 숨소리만 들렸다. 노아는 천문대 후문에

서 들은 이야기를 몽땅 쏟아냈다. 녹원은 내내 말없이 듣더니, 어느 순간 웃음을 터뜨렸다. 처음 듣는 웃음소리였다. 대관절 어떤 표정으로 웃을지 상상도 되지 않았다. 웃음의 끝자락에서 녹원은 말했다.

"고마운 일이네요. 우리도 이야기에 끼워주고."

말을 모두 마치자 물속에서 나온 느낌이 들었다. 숨이 어느 정도 가라앉은 뒤에 노아는 물었다. "그런데 왜 전화하셨어요?" 녹원도 웃음을 멈추고 숨을 골랐다. 내일 연차를 낼 생각이 없느냐고 했다. 괜찮다는 노아의 말에도 녹원은 재차 권했다. 이런 일을 겪고 난 뒤에는 몸도 마음도 쉬게 해주는 것이 좋다고, 그렇게 쉬어야 다시 일할 수 있다고 했다.

전화를 끊은 노아가 주위를 둘러보았다. 그는 문득 자신이 집으로부터 아주 먼 곳에, 어머니 말대로 정말로 낯선 장소에 와 있음을 깨달았다. 등 뒤의 신축 건물부터 저 너머에서 반짝이는 차와 집 들의 불빛까지, 모든 것이 수상쩍고도 새삼스러웠다. "새로운 세상." 노아는 중얼거렸다. 고개를 치켜들자 사위가 몹시 환해졌다. 기다렸다는 듯 켜진 비상등 불빛이었다. 노아는 빛에 찔린 눈을 깜빡이며 하늘을 올려다보았다.

밤하늘은 여전히 검고 고요했다. 성단과 성운, 행성과 위성이 소리없이 빛났다. 그 사이로 새들이 날고 있었다. 매 가을 새로운 땅으로 이동하는 새들이었다. 그들은 한곳을 향해 이동하지 않고 서로 다른 방향을 보며 둥글게 비행했다. 목적지는 다른 어디도 아닌 이 한가운데에 있다는 듯, 고리 모양으로 돌면서 서서히 땅으로 내려앉았다.

인터뷰

함윤이
×
소유정

소유정   작가님, 안녕하세요. 작년 여름 「천사들(가제)」이 '이 계절의 소설'로 선정된 이후 1년 만이에요. 그간 함윤이 작가의 소설이 '이 계절의 소설'로 선정되었던 건 이번 작품을 포함하여 총 세 번인데요. 모두 여름에 선정되었다는 재밌는 공통점이 있어요. 돌아온 여름 앞에서 그간 무엇을 하며 어떻게 지내셨는지 먼저 근황을 여쭙고자 합니다.

함윤이   안녕하세요? 저 또한 말씀해주신 공통점을 올해부터 특히 진하게 의식하게 됐답니다. 이 시리즈 덕에 여름이 괜히 더 좋아진 듯한…… 끈적끈적한 마음까지 생겼어요.

저는 올해 상반기 내내 연희문학창작촌에 머물고 있습니다. 평일에는 여기서 일하거나 작업하고, 주말에는 안국 또는 광화문 일대에 자주 나갔어요. 올해 상반기는 광장에서 아주 많은 사람과 만난 시기로도 남지 않을까 싶네요.

연희문학창작촌은 소나무와 목련나무, 철쭉나무가 무성한 장소예요. 덕택에 녹색에 파묻힌 채 첫 소설집을 준비하거나 새로운 발표작을 쓸 수 있었습니다. 지난달까지 이래저래 숨 가쁘게 지낸 듯해서(분명 잠도 많이 잔 것 같은데 말이죠!) 5월부터는 조금 더 여유로운 시야로 주위를 둘러보려 합니다.

소유정 「우리의 적들이 산을 오를 때」는 공간적 배경에 우선 눈길이 가요. 소란스러운 일도 없을 것 같은 어느 지방 소도시인데 이상하게 민원이 끊이질 않죠. 그 중심에는 천문대가 있고요. 한 종교 집단이 비밀 기지처럼 쓰고 있다는 건 수상하지만 호기심을 자극하기도 해요. 작가님의 소설을 읽을 때마다 소설 속 공간을 만드는 데에 많은 신경을 쓰신다고 느꼈는데요. 지난 '이 계절의 소설' 선정작이었던 「천사들(가제)」에서 부산행 열차와 꿈속 오디션 현장을 바삐 오가며 독자가 그 공간을 충분히 누릴 수 있도록 애쓰셨던 것처럼요. 이번 소설에서 작은 마을과 천문대라는 공간을 만들며 고민하셨던 부분이 있다면 무엇인가요?

함윤이 현재 한국에서는 인구 50만 명 미만의 도시를 중소 도시라고 부르지만, 실제로는 인구 10만 명이 되지 않는 도시가 매우 많아요. 전체 인구 수는 줄어드는 데 비해 고령화 인구는 늘어나고 있어 지방 쇠퇴라든지 소멸 같은 이야기도 계속 불거지는 중이고요.

저는 성인이 될 때까지 '서울 바깥'(한국에서 서울이 위치하는 압도적이고 기이한 역할을 생각해보니 이렇게 표현할 수밖에 없네요), 그리고 소설 속 소도시보다도 훨씬 작고 외진 마을에서 성장했습니다. 이런 개인적 배경 때문에 작은 도시나 마을에 좀더 애착을 품는 것도 같아요. 말씀해주신 대로 이처럼 작은 마을(지역)은 겉보기에는 고요하더라도 자세히 들여다보면 사건 사고가 끊이질 않죠. 마을 바깥, 즉 외부로부터 '단절'되어 있으면서 내부의 사람끼리는 '결속' 내지는 '연결'되어 있어요. 심지어 당사자들이 원치 않아도요. 이 소설을 쓰면서 주인공들과 함께 면사무소, 국도, 주택가, 천문대를 누비며 이런 장소성 혹은 특수성을 더 자세히 들여다보려 했습니다.

    소설 속 천문대나 독수리가 나타나는 논밭 등은 제가 여행하며 마주친 각종 장소가 섞이거나 반영된 곳이에요. 독수리가 머무는 논밭과 공장 지역은 강원도 철원의 '독수리식당'을 알게 된 후로 쭉 구상해왔고, 천문대는 국내외에서 만난 여러 폐건물 및 실제 천문대를 모델로 만든 장소입니다. 이외에 짧게 언급된 소도시의 다른 생활공간도 마찬가지예요.

소유정 주인공 노아가 처음 천문대에 간 날이 인상적이에요. '노아'라는 이름이 상징하는 바가 명확하기 때문에 노아는 '정선화'라는 자신의 어머니 이름으로 천문대 사람과 인사를 나누는데요. 공교롭게도 그 또한 '정선화'라는 이름을 가지고 있었지요. 대단한 우연이다 싶지만 어쩌면 이건 필연이 아닐까 하는 생각이 들기도 했어요. 적어도 두 사람이 서로를 '적'이라고 여기지 않는 계기로 작용한 것 같아서요. 같은 이름의 우연하지만 필연적인 마주침에 대한 이야기

함윤이 저는 성씨나 이름이나 다 특이한 편이어서 단 한 번도 동명이인과 마주한 적이 없어요. 그래서 주변인들이 겪는 '동명이인과의 만남'이 제게는 전혀 경험하지 못한, 매우 신비롭고 놀라운 상황처럼 느껴지곤 했습니다(물론 당사자들은 덤덤하게 받아들이는 것…… 알고 있습니다).

구태여 같은 이름이 아니어도, '생판 남'처럼 느껴지던 타자와 나 사이의 교집합은 늘 흥미진진해요. "너도?" 하며 반가워하게 되는 일들 있잖아요. 엇비슷한 부위에 난 점이라거나 같은 나이 차의 남매가 있다는 사실, 알고 보니 둘 다 특정 시기에 동일한 지역에 머물렀다는 깨달음 등…… 어쩌다 보니 비슷한 점을 발견했을 뿐인데, 이를 '우연 같은 필연'으로 느끼는 순간 일이 커지죠. '필연 같은 우연'이 연달아 벌어지면 완연한 남남이었던 이들도 서로에게 반가움 또는 경계심을 느끼고, 친구로든 적으로든 엮이곤 하니까요.

이처럼 '필연' 또는 '우연'에서 관계가 발생하는 이유는 실상 당사자들의 감정(또는 인식) 때문이죠. 관계의 계기 자체가 중요하기보다는, 뭐든 간에 관계의 계기로 삼아보려는 마음이 더 핵심적이라고 해야 할까요? 결국 노아와 선화가 엮인 이유도 정선화라는 이름에 관한 선화의 애착과 종교적 갈망 때문이지, 둘의 이름이 같다는 우연 탓은 아닐 거예요. 그러나 이를 필연으로 여기고 밀고 나가는 선화의 모습은 노아에게 상당히 인상적이었을 것 같습니다.

소유정 이름에 대해 곰곰이 생각해보면 녹원이라는 인물 역시 궁금해지는데요. 그가 노아에게 이름을 바꿔 말하길 조언한 것도 자신 또한 종교적 의미가 명징한 이름을 갖고 있기 때문이 아닐까 싶었어요. 때문에 천문대 사람들에게 녹원은 적으로 구분되었을 것 같고요. 그런데 정작 녹원의 태도는 다소 모호해서 의문이 들어요. 공무원으로서 민원 처리를 위해 천문대를 찾은 것 같지만, 그 안에서 자연스럽고 편안한 모습을 보면 그가 천문대 사람들을 어떻게 생각하고 있는지에 대해서는 쉽게 답할 수 없게 되기 때문인데요. 녹원은 그들을 어떻게 바라보고 있을까요?

함윤이 사실 「우리의 적들이 산을 오를 때」는 지역사회의 공무원들을 주인공으로 쓴 3부작 소설 중 한 편입니다. 3부작이라고 거창하게 칭했지만, 각각의 소설끼리는 딱히 끈끈하게 엮여 있지 않아요. 별다른 서사적 고리도 없고요. '서울 바깥'에서 일하는 공무원들의 이야기라는 요소 정도가 교차점이겠군요. 아마 내년이나 내후년쯤 하나의 연작소설로 묶이지 않을까 싶습니다.

박녹원은 이 연작의 첫번째 작품이자 제 데뷔작인 「되돌아오는 곰」의 주인공이고요. 이 소설에서 녹원은 상당히 자연주의적인 이름이었는데, 이 소설에서는 종교적인 의미로 읽혔다니 재미있게 느껴지네요.

말씀해주신 대로 녹원은 천문대와 면사무소 사람 모두에게 적당한 거리를 두고, 어디서든 모호한 반응을 보이는 사람입니다. 저는 그의 태도가 딱히 별날 것 없다고 생각해요. 제 주변에도 친한 친구(J라고 칭할게요)를 비롯하여 공무원으로 일하는 분들이 몇 있는데, 사회의 각종 민원을 받아들이는 만큼 다종다양한 인간/비인간 군상과 만난 경험이 많더라고요. 평소 그런 경험을 쌓아서인지 일상의 여러 황당한 변수에도 부드럽게 대처하고요. 이들의 이야기를 들으면 우리가 말하는 '낯선 것'은 결국 '내가 자주 보거나, 듣거나, 겪지 못한 것', 즉 '나로부터 먼 것'일 뿐이란 생각이 듭니다. 역시나 J를 비롯한 분들의 이야기를 들으며 안 사실인데, 공무원직에 있다 보면 이처럼 본인과 심리적으로 '먼 일'과 마주하는 일이 잦더군요. 그런 만큼 많은 사안에 적절히 거리를 두지만, 또 지나치게 명확한 경계선을 두진 않고요.

소유정 정선화라는 이름을 가진 두 사람, 천문대의 여자와 어머니가 노아에게 하는 말이 같다는 것 또한 흥미로워요. 천문대의 여자는 '노아의 방주'와 같은 의식적 행사에 대해 "즐거울 테고, 아주 아름다울 거"라고 하고, 어머니는 노아라는 이름에 대해 "아름다운 세상으로 모두를 인도하는 이름"이라고 말합니다. 두 사람의 말로 인해, 운명과도 같은 이름으로 인해 노아는 "새로운 세상"이라는 미지의 세계에 점점 경도되는 것처럼 보입니다. 노아가 내심 그려보았던 "새로운 세상"이 있다면 그것은 어떤 모습일까요?

함윤이 서로 아무 관계가 없는 두 사람에게서 같은 말을 들은 순간은 누구에게나 있을 거예요. 남매의 잔소리를 애인이 토씨 하나 다르지 않은 버전으로 읊는다거나, 중학교 동창 A가 쓴 비유를 직장 동료 C가 똑같이 말하는 경험 등이요. 전자의 경우는 청자인 '나'가 '나'인 만큼 타인에게서 비슷한 말을 듣는 것이겠지만, 후자의 경우는 우연임을 알더라도 괜히 어떤 계시처럼 느껴지곤 해요. 각기 다른 심리 테스트의 결과가 연달아 비슷하게 나오면, 그 테스트들이 엉터리인 걸 알아도 결과만은 유의미하게 느껴지는 것처럼요.

어머니 선화와 천문대의 선화가 노아에게 건넨 말은 그가 '노아'인 만큼 여러 번 들을 수밖에 없는 말일 거예요. 그럼에도 괜스레 운명의 계시인 양 느낄 수 있는 이야기고요. 노아가 두 선화의 말 같은 외부 자극을 '운명'으로 느꼈다면, 그것은 그 '자극'이 노아의 맘속 어딘가를 건드렸기 때문이겠죠. 노아의 "새로운 세상"은 선화들의 말을 듣기 전부터 그의 내부에 심어져 있었을 거예요. 두 선화의 말은 이미 심어진 무엇이 땅을 뚫고 자라나도록 부추긴 자극점

일 뿐이고요. 노아가 그리는 새로운 세상이 무엇인지는 읽는 분들이 자유롭게 상상해주시길 바라지만…… 저는 우선 노아가 생전 처음으로 독립한 상태라는 사실에 눈길이 좀 가네요.

소유정 이야기에 긴장을 더하는 것 중 하나가 바로 '응시'인데요. 처음 천문대를 방문하던 날 사수인 녹원은 노아에게 "너무 오래 눈 마주치지 마세요"라는 경고를 합니다. 이어지는 서술처럼 "목적어와 주어 모두 분명치 않은 지시였"으나 이는 달리 말해 목적어나 주어가 누가 되어도 해당되는 말이라고 할 수 있겠지요. 노아의 마음이 읽히는 듯한 응시는 선화만이 아닌 녹원의 것도 있었으니까요. 이러한 응시가 노아에게 미치는 영향이 있다면 어떤 점일까요?

함윤이 소설을 쓰다 보면 등장인물끼리 마주 보는 순간이 종종 찾아와요. 어떻게든 다른 행동을 하게 만들려고 해도 정신을 차리고 나면 이미 둘이 서로를 '우두커니' '멀거니' '빤히' 바라보고 있죠. 눈 맞춤만큼 강렬한 소통이 흔치 않아서 그런가 봐요. 언어로 의미로 가득한 대화와 달리, 응시에서는 언어로도 해독할 수 없는 감각과 생각이 넘쳐나잖아요. 그렇기에 너무 진한 (혹은 깊은) 응시는 위험을 불러올 수밖에 없어요. 우리 일상에서 종종 보는 "뭘 봐?"와 같은 시비를 대표적인 사례로 들 수 있겠네요. 타인이 나를 까닭 없이 오래 보는 상황은 확실히 위협적으로 느껴지고요.

노아에게도 응시는 소통과 위험이 모두 담긴 행위입니다. 그래서 더욱 매력적인 면도 있을 거예요. 끔찍한 장면이 펼쳐질 걸 알면서도 눈을 뗄 수 없는 공포 영화나, 마음을 들키고 싶지 않아도 계속 보게 되는 타인의 얼굴처럼, 삶에서도 도무지 시선을 돌릴 수 없는 순간들이 있어요. 설령 본인이 그 장면을 보고 상처받으리라 예상해도 말이죠. 노아에게는 천문대에서 맞닥뜨린 풍경들이야말로 어떻게든 응시할 수밖에 없는 순간이었을 거예요.

소유정 소설 안에서 겹쳐지는 이미지가 있다면 바로 '새'에 대한 것이겠지요. 마을 주민들의 민원도 독수리와 새 떼 같은 이들에 대한 것이라는 점에서도 하나의 그림으로 겹쳐지는 듯해요. 이러한 이미지는 소설의 말미에서 노아의 꿈속에까지 침투해 오는데요. "새들이 나오는 꿈"을 꾼 노아가 천문대에서 목격한 것 역시 다르지 않다는 점이 의미심장해요. 꿈에서 야훼의 명령을 받았던 『구약성서』의 노아가 떠오르기도 하고요. 마지막 장면에서 무리 지어 이동하는 새 떼를 보며 노아는 어떤 생각을 했을까요?

함윤이 앞서 말씀드렸듯 소설 속 '새 떼'는 강원도 철원에 매 겨울 날아오는 독수리들을 모델 삼아 묘사한 것이에요. 지난 몇 해를 파주에서 보내며 만났던 철새 무리의 모습도 들어가 있고요. 특정한 계절마다 맞닥뜨린 새들의 모습이나 울음소리가 아직도 뇌리에 강하게 남아 있습니다.

새 떼의 비행은 대개 아름답고 신비해 보이죠. 하나 자세히 들여다보면 그 안쪽에서 벌어지는 생존 투쟁의 강렬함에 새삼 놀라게 돼요. 상상 또는 예상보다 훨씬 '규모'가 큰 새 떼와 맞닥뜨리면 굉장히 무섭기도 하고요. 이 답변을 쓰며 수많은 새가 왜 무섭지, 하고 생각해봤는데 아무래도 그 모습이 (실은 매우 자연적인 무엇임에도) 초자연적인 습격처럼 느껴져서인 것 같아요.

노아가 지켜보는 새는 심지어 조류의 왕, 거대한 독수리들이죠. 떼를 지은 조류의 왕을 보는 일은 분명 무서울 테고, 무서운 게 으레 그렇듯 매혹적이었을 거예요. 노아가 여태 본 적 없는 생물의 집합에서 '새로운 세상'의 도래를 느꼈을 것 같기도 해요. 어쩌면 새 떼처럼 한데 모여 웅성이는 천문대의 사람들을 보면서도 비슷한 심상을 품었을지도 모르겠군요.

소유정 천문대 사람들에 대해 노아는 그간 본 적 없는 "확신"을 가지고 있는 사람들이며 "열심히 사는 사람들 같"다고 말합니다. 저는 이 부분에서 노아가 그들을 부러워하는 것 같았어요. 작은 도시의 공무원으로 살아가는 일은 새로운 즐거움보다 권태를 견디는 것에 더 가까운 것일 수 있기 때문에 자신에게 없던 의욕을 열망하는 게 아닐까 싶었는데요. 천문대 사람들을 향한 노아의 생각과 그의 열망에 대한 이야기를 조금 더 들려주실 수 있을까요?

함윤이 아까 말한 공무원 친구 J의 이야기를 다시 꺼내

볼게요. 저는 J가 맡은 일처럼 변수가 많은 직업을 본 적이 별로 없어요. J는 주로 민원에 대응하는 일을 맡고 있거든요. 민원이란 외부 사회의 무수한 목소리이고, J의 직업은 이 목소리'들'과 바싹 맞닿는 일이죠. 몇 해간 그의 이야기를 들어온 입장으로서, 제게 공무원은 권태보다도 아주 많은 변수와 불안을 견디는 일에 더 가까워 보였어요. 사실 노아와 녹원도 (옳고 그르고를 떠나) 모험에 가까운 상황들을 계속 마주하는 중이고요.

확신은 또 다른 영역의 일이죠. 권태를 견디든 변수들을 버티든, 그 모든 인내를 합당케 하는 확신은 누구에게도 쉽게 주어지지 않을 거예요. 저도 늘 제 일과 삶에 관한 확신이 있는지 의심하며 벌벌 떨고 있기에⋯⋯ 본인의 감정이나 생각에 확신을 지닌 사람을 만나면 동경하게 됩니다. 그런데 한편으로 영영 변치 않을 듯 단단한 확신과 마주치면 속이 덜컥 얹히기도 해요. 타자가 오갈 문이나 틈이 전혀 없는 건물에 들어선 느낌이랄까요.

노아 역시 천문대 사람들의 확신을 아름답다고 느끼면서도 징그럽게 여겼을 듯싶어요. 또 무엇보다 재밌게 지켜봤을 거예요. 어떤 종류든 자기 확신을 지닌 사람들은 보기 드물고, 그런 확신을 가진 이들이 끝까지 가는 풍경은 좋든 싫든 간에 흥미진진한 구석이 있죠. 한데 이런 일을 흥미롭게 여기는 게 과연 맞는 걸까요? 그 점에서 소설 속의 노아는 아직 비겁한 위치에 서 있는 것 같습니다. 아무런 확신도 없이, 그리하여 어떤 위험부담도 없이, 확신을 가진 사람들의 승패를 관망하듯 지켜볼 수 있다는 면에서요.

소유정 "구원은 적의 공습 뒤에 찾아"온다는 말이 저에게 끝끝내 남은 한 문장이었던 것 같아요. 그렇다면 과연 우리는 구원을 기다리는 걸까 아니면 적을 기다리는 걸까, 하는 아이러니에 빠지기도 했는데요. 이 소설 끝에서 구원을 받은 사람이 있을지, 있다면 누구일지 궁금합니다.

함윤이 앞서 말한 것처럼 노아는 (비록 본인이 즐기려 하지 않았더라도) 어떤 재미를 얻었을 테고, 녹원과 남욱 또한 흥미로운 며칠을 보냈을 성싶네요. 그러나 이런 재미와 흥미를 구원이라고 볼 순 없겠죠.

    선화는 끝내 노아에게서 서로가 "적"이라는 답, 그리하여 구원의 가능성을 꿈꾸게 해줄 답은 듣지 못했어요. 선화처럼 확신으로 가득 찬 사람이라면 그 경험을 어떻게든 '구원의 시퀀스'로 치환했을지도 몰라요. 하지만 그런 "구원" 이후에 선화의 삶은 진정으로 달라졌을까? 독수리 떼를 만난 이후 천문대 사람들의 생에는 새로운 의미가 생겼을까? 소설을 끝낸 후에도 이런 질문들을 계속 굴리게 됩니다. 어찌 보면 이 소설 속 누구도 '공습'이라 할 만한, 제대로 된 위험은 감내하지 않았으니까요. 선화의 말대로 적의 공습 후에야 구원이 찾아오려면 정말로 그들의 존재 자체가 위험에 흔들려야 했을 텐데…… 실은 그렇지 않았잖아요? 이 지점을 좀더 제대로 그려냈어야 했다는 아쉬움이 불쑥 듭니다.

소유정 벌써 다음 소설이 궁금해지는데요. 마지막으로 이후 집필 계획을 들으며 반가운 대화를 마치겠습니다.

함윤이 처음에 말씀드린 첫 소설집의 마무리 작업에 박차를 가하려 해요. 올해 가을겨울쯤 낼 수 있지 않을까 싶은데, 열심히 써보겠습니다. 이왕 최선을 다하는 김에 몇 해 묵혀둔 장편소설도 끝을 내려 하고요. 이건 작년에도 재작년에도 한 이야기지만, 올해는 물러설 핑계가 없는 만큼 진짜!라고 주장하고 싶네요.

수록 작품 발표 지면

무덤을 보살피다 『자음과모음』 2025년 봄호

방랑, 파도 『자음과모음』 2025년 봄호

우리의 적들이 산을 오를 때 『현대문학』 2025년 1월호